我只想
和你说说话

WE NEED
TO TALK

张超 | 著

中国华侨出版社

谨以此书献给我忠诚的伙伴 Nils Pihl，

你是我生命中的碧绿，

是我抬头仰望的星光。

目录

/

/

自 序

▲

2011年我搬到了北京。那会儿我23岁，研究生还剩最后半年。一下子过去3年多了，这一千多个日子里我实习、毕业、旅行、工作、失恋、搬家、做志愿者、再恋爱……像每一个北漂的姑娘一样努力活得风生水起，努力在城市里筑一个家。太阳底下无新事，我经历的这一切北京一千万的年轻人也都经历过，没有什么了不起，也没有什么大不了。我只想把这些故事记下来，给自己一个交代，也替这座城市做个记录。

太多在北京经历过磕磕绊绊跌打损伤的人没有看清这座城市，他们沉迷的只是城市的倒影。圣诞季三里屯太古里的火树银花，国贸通宵不眠的玻璃大厦，使馆区寂寞的深秋银杏，和平门前神情严肃的年轻警卫，东四一排排孟小冬、康同璧、朱启钤、张挺、崇礼甚至川岛芳子住过的老宅子……这一切都让人眩晕，可这些与街上千千万万的人有什么关系？那么多生死离别的故事，瞬间就被遗忘。那么多在寒夜里流泪的心，都不为人知。

这是一座太大又太过拥挤的城市，你能找到一切新鲜好玩的东西，甚至是百老汇都已经不再上演的《猫》，可是偏偏找不到自己，没有一面镜子里你看到的是自己，通通是做给别人看的面孔。在地铁里你不能哭，除非想要一群陌生人陪你缅怀流下的眼泪。在路上你不能思考，迎面而来的自行车和行人会粗暴地把你所有思绪撞走。在公园里你不能像章鱼一样奔跑，小孩子会指着你大笑，让你感觉一切变得更糟。酒吧里你不能放肆，否则第二天会看见朋友转的微博里都是你放浪形骸的窘照。甚至回到家里也不行，租住的房子总是与别人分享，上世纪90年代建的房子隔音又太差，你的情绪宣泄立刻沦为邻居家餐桌上的谈资。

可我却是这样地热爱北京，一切要发生的，该发生的，没发生的，都在这儿绽放或衰亡。同一座城里，好几个世界，我穿梭其中，扎根在土地上，浸染着所有人的喜怒哀乐。我听北京的心跳，我自己的心跳，跟着放肆的鼓点，雍和宫的钟声，甚至天安门升旗的节奏一起没命地欢跳，哪怕明天就不见阳光，草木停止生长，万物死于黑暗，哪怕梦想和爱情一起销蚀，时间的灰烬里也会留住所有发生过又消失了的喜怒哀乐。

刚来到北京的时候我意气风发，准备把积攒多年的能量一起涌出来给城市添砖加瓦。天天六点半起床踩着高跟鞋踏过未完全苏醒的长安街，“塔塔”的脚步声却怎么都叫不醒地铁里急着走向明天的路人。我也像是活在一个巨大的幻觉里，勤奋地用成熟的妆容掩饰眼里的青涩学生气，不知疲倦地熬夜写报告，以为自己再努力一点，就能在北京有个家。现在我有家了，可完全不是想象中的样子。我不知道自己变了多少，人生轨迹也一改再改，好像一个不留神，就活到别人的路上了。可是想一想，我除了耸耸肩不在乎之外，似乎也没有别的办法。

每七年我们就是一个不同的人，身上的血液会更新，旧的死去，新的长出来。城市也是一样。北京见证了这一切，它眼见着我一次次逃离又一次次牵挂着回来，眼见着我在长夜里奔跑在街道上，无助又迷茫，也眼见着我热烈地投入生活，不怕伤也不怕痛。这两年所有的惊喜和惊吓，温柔和冷漠，愚蠢和盲目，疲惫和混乱，这城市都看在眼里，温柔地包容。加缪说：“认识一个城市最好的办法，就是去认识里面的人们如何工作，如何相爱，以及如何死亡。”所以我也试图写下来它的朝朝暮暮，写下地铁里面目模糊的人群，写下匆忙发生的故事，让所有读的人知道，自己不是一座孤岛，让所有在这里生活过的人，能会心一笑。

/

我只想和你说说话

▲

回北京的第一个晚上，我跟朋友去吃老北京火锅。在美国心心念念惦记的就是这种熟悉的味道，鸳鸯锅底，手切鲜羊肉，牛骨髓，虾滑，香椿苗，青笋，蒿子秆，麻豆腐，小糖火烧，糖蒜，剁椒萝卜丁，熬得浓浓香香的麻酱，闻着勾起我食欲的辣椒油……饕餮一顿之后朋友又拽着我要去喝酒，我高兴地站起来去收款台埋单，走了3米之后咣当倒地，等我再醒来的时候周围围了一圈人，我的朋友拿走调的汉语大喊："你们都奏开，给她点孔起呀！"我想笑又笑不出来，完全不知道发生了什么。觉得头昏和恶心，我爬起来想去洗手间，摇摇晃晃走到二楼，拿冷水洗了把脸，然后就又没有知觉了。再睁开眼，发现自己坐在一把椅子上，朋友攥着我的手，惊慌地看着我，周围又是围了一圈人。几分钟的工夫我晕倒了两回，左臂发麻，大脑一片空白。

当晚朋友把我折腾回了家，第二天一早我觉得无恙就也没太当回事，照样跑步健身，洗澡出门。晚上我和男朋友说起，他一下子就急了，大声质问我怎么可以这样对自己不负责任，冲着电话大吼了 10 分钟。我给协和的一个朋友打了电话，他说事情可大可小，可能是中风或者脑血管瘤。这我才害怕起来，男友人在瑞典，他叫了好朋友来我家接我，大半夜带着我去协和急诊，做了脑 CT、血检和心电图，折腾到凌晨 4 点。次日朋友又托人带我找专家做了经颅多普勒超声检查。我跟朋友在医院里坐着等检查结果，他怕我紧张，就一直和我说笑话。所有检查结果都出来了，一点异常都没有，我绷紧的神经终于放松下来，人累到要散架。到家里我看到男友半夜发来的邮件，他说很抱歉跟我大吼，隔着那么远他觉得自己很无力。说无论是好结果还是坏结果，他都会在我身边跟我一起面对。说他手里拿着管弟弟借的剃须刀，如果我真的要做手术他就马上把头发剃光，陪着我一起再等头发长出来。

我合上电脑，觉得从未有过地踏实。山盟海誓听过太多，承诺和永远我是通通都不信的。即使如此，我还是被打动了。兜兜转转走了这么久，终于找到一个我肯厮守终身的人。

十几岁的时候第一次喜欢上一个人，喜欢他干干净净的样子，高高瘦瘦打起篮球很好看，笑起来能把北方的冬天都融化。后来谈恋爱的对象，每一个都是差不多的样子，要聪明，要帅气，成绩要好，穿起球衣要很好看。可惜这些都经不住光阴，慢慢地心动都变成淡漠，相守抵不住相离，甜蜜的回忆也通通不愿再记起。现在想想觉得好好笑，一个人又不是一件小玩意儿，买之前要各方面打打分，看看值不值性价比。谁说青春时候恋情最纯粹，我没有比那会儿更虚荣的时候了。所有幸福都忍不住拿出来晒，看着别人羡慕就觉得自己风光得很，甜蜜得很。真是可笑的时光啊。

后来我住了七座城，换了十几个手机，通讯录里塞满电话，终于无法再像曾经一样天真地相信，单身只是因为没找到合适的人。

哪有什么合适的人？和男友刚认识的时候，觉得他转到天上，真是让我多看一眼都不肯。后来相熟了，整夜整夜聊天，发现他很多地方还不错。再后来在一起，还是三天两头吵架，恨得我把肥皂摔到地板上（又有气势又摔不坏，技能 get 到没有？）还不觉得解恨。说起未来，他不肯留在北京，我不要跟他去旧金山。可就算这么吵，还是没吵散。稀里糊涂这些年月，终于开始好好过日子。

对于很多可以相爱的人，timing 明明就是一切。遇见早了，心智不够成熟，随便吵一次就老死不相往来；遇见晚了，心都懒了，对他人提不起兴趣，宁可待在自己的世界里。

能携手走一生的人，到底是什么样子？我找了这么多年，只是想找到一个我能说说话的人。除去开心的面孔，我悲观得很，从来不相信有什么事情能长长久久，也不想要承诺换来的虚妄安全感。哪有什么永远不变的东西，红酒隔夜就变酸。永远幸福的故事我从来没有在现实里看过，每一秒不知道多少情侣反目成仇。我们都是凡人，没法活在童话里。我想要的是一个伙伴，一起成长，相互扶持，老了也能相对着数数白头发，讲讲不好笑的笑话。

前几天我换了工作，每天要在办公室十三四个小时。一天中最棒的就是深夜，我们回到家换上柔软的棉 T 恤，拿瓶啤酒坐阳台上说起各自的工作，都觉得虽然有那么多困难可是好开心可以扶持着共同面对，再累也不觉得辛苦。我感谢他让我自在做自己，加班到深夜都没有负罪感，不会化妆不看时尚杂志也不觉得自己粗糙，满口女性独立他也觉得我性感，对他再死心塌地也不担心他会不珍惜。我见过太多人渣利用女朋友的好而为所欲为，让女生们觉得如果不玩 hard-to-get（欲擒故纵）就没有人在意。我不喜欢玩游戏，我不喜欢利用情爱，我要的是诚实的感情，而没有什么比彼此坦诚更浪漫。每次我们午夜在屋顶说起真心话，都让我凭空觉得，“仿佛只要踮起脚伸出手来，天上的星星就能碰到似的”。

李宗盛在歌里唱，“往事并不如烟，在爱里念旧也不算美德。可惜恋爱不像写歌，再认真也成不了风格。”如果一份感情需要走千山万水才追得到，也许不要也罢吧。痛快的爱情明明简单得很，白天努力工作，晚上回家吃顿热乎饭，两个人，有情有意。什么天长地久啊，万贯家财啊，求不来的。好好过日子，像幼儿园小朋友一样，肯跟对方分享玩具，愿意一块撒欢玩到天黑，就很好了。如果有的选，我只希望跟他可以一直做好朋友，见证他生命里重要的时刻，永远不骗他。

半年前有编辑找我写书，我害怕得很。他陪我去见编辑，告诉我有机会就得抓住，不要害怕把自己袒露在读者面前。几个月前我面试，他总是逼着我跟公司要高薪，跟我说我值得这个价码。几天前我开始新工作，他做了花生酱苹果三明治和接骨木花茶，千山万水跑过来陪我转两次地铁上班。我好幸运身边的人愿意成为我的力量和港湾，而不是前进的阻力。什么工作生活平衡，完全不需要考虑，什么都不用牺牲，我可以放心做自己喜欢的事，变成想要成为的人，这种感觉好自由。他说如果我想做只鸟，他就让我尽情飞，倦了冷了的时候是会回家的。

两个人的缘分大概就在于有一致的价值观，于是其他一切都变得没那么重要。什么香水的味道，穿衣的style，整齐的腹肌，通通变成辅菜。有则有，没有也无所谓。我会变老，皮肤会失去光泽，笑容会变得黯淡，我不想也不能拿青春拴住一个人，我已不再年轻。我想如果足够幸运的话，我们也许可以一起变老，一个推着另外一个的轮椅，在养老院相互讲笑话，晚上戴着老花镜玩老得掉渣的《星际迷航》。也许那时候还能看到动画片《冒险时光》，或者100岁的克里斯托弗·诺兰拍的新片。就算不能也没关系，就算在一起的好日子只有这么几年，我已经足够感谢在还天真的时光里遇见他，给我一段幸福，然后各自接着上路。

很多朋友跟我说起婚姻，如意的，不顺利的，相互提防的，相亲相爱的，形形色色，我都不羡慕也不暗自庆幸。人生是自己的，好的坏的都打不过“合适”二字。我一直相信只有自己变得更乐观、开朗、健康和自信，才能拥有一份圆满的感情，真的是要先有爱的能力，才能得到爱。我最幸福的瞬间不是因为自己被宠溺，而是看到心爱的人在眼前展露笑颜。

前几天和朋友说起5年后，发现自己对未来一点憧憬也无，觉得现在的生活就是我想要的样子。虽然没有像木心先生写的那样，“村鸡午啼，白粉墙下堆着枯秸，三树桃花盛开”，我每天忙得衣服都记不得洗，他创业创得心力交瘁，我俩都没有像十几岁时期待的那样，可以一路数着公路牌到处流浪。可是每天月亮挂上枝头，星星把熠熠的光辉洒落在山间的时候，我闭上眼睛想着他的样子，就能睡得无比香甜，一夜无梦。

《后会无期》里苏米说，听过无数道理，还是过不好这一生。那就随着心意任性地走吧，走累的时候再安营扎寨，或者永远也不。别回头，也别犹豫，太急没有故事，太缓没有人生。

PART

/

01

布拉吉把日光分成一段一段

我们生来脆弱，因为我们是女人。

我们生来强壮，因为我们是女人。

/

/

01

拥抱你内心的少女

▲

4 月的一天我去看了一部关于智利的纪录片，开始的十几分钟让我痛苦不堪，不停地讲述物理学家如何在阿塔卡马沙漠里遥望星空，试图探寻宇宙洪荒。整个放映室里只有 4 个人，我不好意思溜走，只好拿出所有的耐心继续看下去——片子另一半讲述了同样是这片荒凉如火星的土地之下，掩埋着皮诺切特时期被处决的数千政治犯。这段历史被回避和遮盖，但是没有被遗忘。有一群女人还在苦苦寻找着亲人的残骸。她们在凄凉的沙漠里拿着简陋的小铲子不停地挖掘，因为那是她们的父亲、丈夫、兄弟和儿子。寻得的残肢碎骨是不够的，她们想要全部，就是想要。

我久久无法忘记镜头前那些女人。她们都是平凡的女人，不是圣女贞德，不是特蕾莎修女，不是贝隆夫人。可是当她们淡淡说出“一直挖到我死的那一天”，隔着几万里远的我也分明能感觉到强大的力量，女性的力量。

Ted 有一个演讲来自伊娃・恩斯勒，《阴道独白》的作者，这个演讲叫“Embrace Your Inner Girl”（拥抱你内心的少女），我看了一遍又一遍。伊娃讲述了她认识的 14 岁荷兰女孩坐着一艘小船，独自环游了世界；一个女孩在树上住了整整一年，为了保护野生橡树不被砍伐；一个因强暴而怀孕的女孩对伊娃说“我爱我的孩子，我怎能不爱他，他身上流淌着爱”；一个叫阿格尼丝的肯尼亚妇女在很小时被迫接受割礼，于是多年间她到处行走，拯救了 4500 名少女，使她们免于这种酷刑，她后来建立了一个庇护所让前来避难的女孩读书学习，再后来她成为当地的副市长，改变了当地的法规，也彻底改变了当地人民的观念……这就是女性不可思议的力量，她们用纯真的眼神看世界，从废墟里一次次爬起来，像小太阳一样光芒万丈。世界待她们如草芥，她们绽放如玫瑰。

成长中有太多时刻我讨厌自己的女性身份，天生的敏感、冲动、轻信、妥协、软弱，甚至善良。我无数次隐藏自己的想法以取悦这个社会。我不敢大声说我以后想领养一个女孩，不敢说我热爱自由，不敢说我有一个大梦想，不敢说我痛恨看见女性被男权社会伤害。我看着日记为曾经的多愁善感而羞愧，为爱得用力而尴尬，为无法抑制的同情心而沮丧。我努力让自己向传统喜欢的特质靠拢——持家、寡言、纯良、忍耐。但这让我痛苦。我眼见着身边出色的女性因为不结婚而被人叹惋，眼见着干净得像水一样的女生沦为男朋友的家务工具和附属品，眼见着有头脑有身段的女孩把全部精力投入在捆住一个富家子弟的事业里，眼见着杨澜忠告广大女孩说“找个能帮你实现梦想的老公”。这一切都让我失望，为什么没有人告诉我们，寻找你内心的力量？为什么没有人鼓励我们，热爱上帝给我们的天分？

后来我懂得了如何隐藏自己的情绪，不再写下充满愁绪的句子，习惯于做一个支持者，建筑起铜墙铁壁来保护自己。但是我分明想念十几岁时爱哭的我，坐在公车上做梦到天边去的我，梦想杀死一条龙的我。那是我内心柔软的少女。

再后来慢慢我长大了，磕磕绊绊，吃亏不少，但终究是长大了。不需要每天活在惶恐之中，终于有了安全感，开始自知，开始骄傲和庆幸，I’m a girl。

我认识的太多女生都明亮得耀眼。她们用力地生活，热烈地投入每一次恋爱，勤勤恳恳地工作。有的闲暇时间去做义工，做志愿教师，做户外徒步的领队，拍摄纪录片，举办自己的画展，独自背包走进非洲，7次徒步进藏，骑车横跨美国大陆，会说四五种语言，懂得分辨动物的脚印……

不是所有女生的生活里都只有卡地亚和爱马仕，不是所有女生嫁人的标准都是房子有多大银行存款有几个零，她们除了有A、B、C、D不同罩杯的胸，还有思想不一样的大脑和踏到过不同土地的双脚。请抛开性别来审视女性，因为在做一个女人之前，她们首先是一个独立的人。

这个世界在贩卖女性，非洲的女孩被卖去当奴隶，中东的女孩被卖去换牛羊。而我们生活的这个社会里，女性的灵魂被卖走。危险的是所有人都如此坦然接受，社会的主流价值观是生得好不如嫁得好，做得好不如嫁得好，学得好不如嫁得好……女博士被嘲笑，剩女被怜悯，单身女性被当成公害，恋爱中的女生一次次降低底线以顺应男友，优秀的女生找一个比她条件差很多的男孩为了不被抛弃，女性们把所有的时间精力用来做面膜、减肥、购物甚至整容，多少女孩因为男友一句“你不够瘦/不够漂亮/不够温柔/你真笨得要命……”而自卑甚至羞愧。30岁的女性不停忠告20出头的女孩“做女人就得睁一只眼闭一只眼”“过了这个岁数男人就看不上你了”……女性内心的力量不只被男人偷走，也被女人抑制。

一百年前可可·香奈儿设计出女性穿的裤子，告诉所有的少女："你可以穿不起香奈儿，你也可以没有多少衣服供选择，但永远别忘记一件最重要的衣服，这件衣服叫自我。卡伯让我明白我可以照自己的方式生活，照自己的意思经营事业，照自己的欲求选择爱人，这是卡伯给予我的最好的礼物。"然而一百年后的现代社会，无数受过良好教育、聪明能干、谈吐幽默的女生无法脱下厚重层叠繁复的束胸衣，自由呼吸。

如果你是女生，珍惜你的脆弱，你的直觉，你的敏锐，你的悲悯，你的纯净。珍惜自己，自己的人生自己做主。没有一个女人存在的意义是单纯繁衍下一代。上帝让女人生育，是因为我们的身体里蕴含着最珍贵的力量——爱。如果爱让我们脆弱，它也一定能使我们更强壮。

/

02

姑娘们的下午茶

▲

夏天还没过完的时候，我去三里屯新开的那里花园喝了个下午茶。那天阳光无比耀眼，我和 4 个姑娘戴着太阳镜吃完了那一餐。组织吃饭的是我的一个美国朋友，她热爱电影，所有不工作的时间都在看电影、拍短片、剪视频。她也有天分，拍的纪录片拿了奖，后来索性辞掉记者的工作，全身投入胶片事业。我们一样的年纪，她已经很清楚自己要什么，这真让我嫉妒。不记得是从哪一个周六起，她开始组织下午茶，把身边的朋友召集到一起聊天。每次她都会提前推荐一部片子或者一本书，让我们有主题可聊。开始的时候男生女生都有，后来慢慢地就只剩几个姑娘准时参加，气氛轻松，参与的人个个有趣，这也就变成了我周末的固定节目。

那个周六她推荐的片子是冯小刚拍的《唐山大地震》。桌上除了我都是外国人，没人知道这段历史，就算看了片子她们也觉得云里雾里。从蒜蓉面包到甜品到饭后咖啡，我们聊了大跃进、三年饥荒、文革，一路说到中国的 20 世纪 80 年代。我惊叹她们知道那么多历史事件和人物，也感叹就算知道这些，她们仍不能理解中国人骨子里的怕事、仓皇、不安，以及对命运和天时地利的迷信。

回家的路上我突然意识到这个下午茶对我的意义，这是我唯一一次和姑娘们在一起聊天，却完全没有聊到男人和感情。小学五六年级时，就已经有早熟的女生在我的小房间里一边吃我妈妈做的草莓面包，一边跟我说隔壁班帅气的体育委员给她传了纸条。初中的时候在寄宿学校，关了灯之后一屋子 8 个人叽叽喳喳从道明寺说到高中部很会打架的学长，每晚如此，永远没有结论，永远乐此不疲。到了大学更甚，好像除了男人和衣服我们的世界里就没有别的可聊，姑娘们在操场看台上寂寞地一遍遍发问：你说他到底喜不喜欢我？

我爱我的女朋友们，可我也更希望我的世界不是每天围着男人转，他们已经主宰世界了，又进一步主宰了我的朋友圈话题。我真觉得厌倦。不只是我一个，《欲望都市》里有一集，律师米兰达在饭桌上发飙，冲着另外 3 个姑娘大喊：“男人男人男人，性性性，我们的生活里就没有别的可聊吗？”

也许是以前太年轻了，世界小得单纯，一颗心也简单得透明，除了爱情和男人再装不进去别的东西。可我也分明记得七八岁的时候，打开一本书我们就能进入一个新的世界，汤姆·索亚跟哈里在半夜跑去墓地，八十天环游地球，海底两万里，小大卫住在英伦呼啸的海边，笛卡尔在梦里发明了直角坐标系……那会儿不是年龄更小，可我们还能一起花一个下午粘一架飞机模型。是从哪一年起我们失去了对世界的好奇心，开始接受现实的条条框框，把自己塞进枯燥又不断重复的对话模式里的呢？

几个月前我投资了一个互联网项目，借机跟对方的运营总监聊了很多，他问我：“为什么女人之间可以一下子好得形影不离，一起逛街吃甜品八卦聊家庭，却不肯分享自己的职场人脉？那你们为什么要花那么长时间待在一起？而且我发现，女人们肯相互帮助的时候，都是在觉得对方没有威胁力的时候。”我当时很不服气，可回家想了很多，不得不承认他是对的。莎士比亚借哈姆雷特的口说：“脆弱，你的名字是女人！”把脆弱换成嫉妒也一样适用，好像两个女人见面，总要先从头到脚打量下对方，只有自己的美貌和衣服身价都占了上风，才能放下警惕，开始正常的社交程序。而在我们默认的思维方式里，可以交换最心爱的淘宝店铺，可以介绍相熟的发型师，却没有习惯把更有价值的人脉关系介绍给对方，让我们的职业发展里平白断了一层。相对于男性同胞们，女性更擅长建立关系和维护关系，却不知道如何利用关系。

很久之后的一天，我在莱佛士饭店见到了美国女性事务大使。参加圆桌会议的有清华和人大读商科跟金融的毕业生，有投行和酒店业的女精英，有会七国语言的新晋妈妈，还有自己创业的企业家。一个多小时的会议大使有半个小时都在问我们关于“剩女”的话题，因为这个词只有中国才会有，她无法不觉得好奇。可我止不住想要问，如果是一圈男人开这个会，他们会花一半时间讨论自己的婚恋状况吗？大使也会问他们诸如“你二十六七了没结婚你父母着不着急”这样的问题吗？

作为一个女生，我深知平安健康长大有多么不容易，家庭里的性别歧视，父母对女孩的资源投入和期待，社会对女性的定位，哪一个都能让我们轻松走向沦为辅助角色的道路，就算是今天仍有怀孕的夫妻选择堕掉已经成形的女婴。可是说真的，如果生在一个开明的家庭，从小又一路接受了良好的教育，见过世面也能经济独立，在 20 岁到 30 岁的年龄里，还是只肯把人生目标定为嫁个好男人，每天关心的话题全围着购物和星座，那真的就不能埋怨社会了。性别平等的话题这一百年来从西方到东方一次次被讨论得火热，可这不该只是社会学家关心的话题，它是我们实实在在的生活，关乎每一个女性自己，也深深影响到男性的生活。在社会活动家和女权人士竞相奔走呼吁同工同酬、破除职场天花板的同时，每一个女生是不是也应该反省自身问问自己，我有没有 24 小时围着男人转，我有没有像男人一样努力争取自己想要的东西，有没有帮助同伴拓展职场社交网络，有没有给下属应有的机会和指导，又有没有被莫名的嫉妒蒙蔽了理性？

1949 年，波伏娃在《第二性》里写：“有一天，女人或许可以用她的‘强’去爱，而不是用她的‘弱’去爱，不是逃避自我，而是找到自我，不是自我舍弃，而是自我肯定，那时，爱情对她和对他将一样，将变成生活的源泉，而不是致命的危险。”女人把男人和感情的话题时时挂在嘴边，原因无非两个，一为炫耀，二是不安。无论哪一个本质上都来自不自信和没有安全感。可是说真的，这两样东西都不是一个有钱或者成功的男人能给的，如果人格无法独立，做谁的太太都一样活在惊恐之中。

我们真是神奇的一代，一方面女性可以做总统做国务卿，学校不再教授针织女红和为妇之道；另一方面年轻的姑娘花天价忍受一次次身心痛苦把自己整容成完美的瓷娃娃，日复一日梦想着嫁入豪门。社会不再有好女人的标准，而在我看来，评价一个好女人的原则和评价一个人的原则是一样的。《笃姬》里有句台词："女子之道，半途折返，是为耻辱。"就连写言情小说的亦舒也写过："不骄，不矜，勤工，好学，才是好女子。"这不是约束女生的传统思想，分明就是踏实的做人之道。

那一餐下午茶我时时记起，它对我简直有开天辟地的意义。几个姑娘在星期六的中午，阳光明媚，美好的食物和天气，围在一起谈论历史和政治，我想不出有什么比这更享受了。社会给我们打了无数标签，默认我们在一起就只能抱怨"好男人不常有"和"工作真无聊"，但我的朋友们不管这些，只是招摇地在一起享受夏日阳光。我好爱身边这些跟我一同放空、扯天扯地的朋友，我们一起说着想要去的地方和要完成的梦想，咖啡可口，蛋糕香甜，连小院里的石榴树都怒放着，庆祝这不知天高地厚的好日子。

/

03

一个人的小王国

▲

一次聚会中，一个在美国长大的香港姑娘说，她回家过年好有压力，父母催着要她生小孩，可她完全没有这个计划。她完全不想做一个妈妈。我真喜欢这个姑娘，不只因为她玩极限飞盘还开了家自己的公司，又帅又酷美得要命，更重要的是在这个问题上我也这么想，十几岁时憧憬的完美家庭，我完全不想要了。婚姻、孩子、房子，我一个都不想要了。我和她是一条战线上的战友。

那天在何峰的“知识派对”播客上聊分享经济，我们说到年轻一代的态度是要过“轻量化、无资产”的生活，只拥有，不占有。土地情结已经随着高频率的城市迁移而慢慢消失，那我又为什么非要在北京寸土寸金的地儿抢下个别别扭扭的小开间？工作两年，攒了点钱，可跟首付比起来，只能呵呵。父母倒是拿着存折等着，可我也算硬气一回，要么自个儿买，要么拉倒，不然下一步被逼婚就纯属自找的。十几岁起我妈就告诉我经济基础决定上层建筑，我深深记着这句话，恨不得文胳膊上，一天看三回。拿人的手短，自己亲妈也一样。要自由，就要得彻底点。不只这样，房子慢慢变成了一个栖身之所，除了睡觉我每周待在里面的时间不超过 14 小时，我在哪儿，家就在哪儿。毕业之后我陆续换了 5 个房子，每次搬家都累得抽筋，可我热爱在新的地方建立生活的过程，认识新房子楼下修车的师傅，卖水果的小贩，在地图上重新设置“家”的位置，更改亚马逊收货地址。每次路过我住过的地方，都能想得起在那儿发生过的一切的一切，这是我自己的记忆地图。

前几天和一个朋友的朋友的朋友吃饭，她住在旧金山，来北京出差，借住在我朋友的朋友家沙发上。我们几个人坐在地板上吃比萨喝啤酒聊天，我们说起中国男生、美国男生和欧洲男生约会的不同表现，说起各自城市的创业环境，说起对 Paul Graham 的爱。一起大笑，开心得不行。她说：“等你来旧金山一定要住在我家，我带你认识最有意思的人，就像你带我认识北京一样。”

你看，我连在旧金山都会有地方住，又干吗担心在北京会无家可归?

不知道从什么时候开始，婚姻对我来说也慢慢从必选项变成了可选项。我见过太多男女，千辛万苦结了婚，也没过上韩剧里你侬我侬的日子。恩爱指数像是正弦曲线，在结婚那一刻达到顶点，剩下的都是下坡路。以前恋爱中多一个人都觉得挤的小日子，婚后变成了两大家子的集体婚姻，任何一件事都要群体讨论 3 个小时，直到头昏脑涨头晕目眩。有一次和好友在鼓楼那边喝酒，我们聊起身边人的婚姻，让人羡慕的少，让人沮丧的多。好像结婚是一张网，婚前一切都是可以容忍的，现在再入不了眼，婚前所有遮掩的，全都跳出来兴风作浪。当然，不是所有人都不快乐，我只是慢慢认清了，童话里的美满结局在现实里不会发生，没有任何一条路能保证让人一直快乐下去，婚姻不能，爱情也不能。幸福是自己的事，做出的选择要有勇气去承担后果。人生没有什么规则，不是说二十几岁就非要去谈恋爱结婚，不是说 30 岁就一定要走在事业的康庄大道上，自己的故事就自己写剧情吧，不然还有什么乐趣？自己过得舒坦，真是比什么都重要。

我喜欢一个人去看电影，一个人吃饭，一个人在咖啡馆喝东西写东西，除了经常在起身接电话时没吃完的松饼被收走之外，没什么不好的。我不知道婚姻有没有那么大的容忍度，让我这样自私又自由地过日子。

上学那年我恋爱了，一点儿安全感都没有，一颗心扑在另一个人身上，24 小时满脑子想的都是怎么对他好，让他更爱我一点。他过生日那天我起了个大早，先去朋友家取我藏在那儿的生日蛋糕，又急匆匆跑去他家，想第一个祝他生日快乐。我错过了早自习和第一节课，被罚站了一上午。那会儿离毕业就剩一个月，我一点儿都不在乎，我觉得我幸福。毕业时大家相互在同学录上写赠言，一个朋友在上面写："我希望你以后能活出自我，别把精力都放在恋爱上，不然太可惜了。"9 年过去了，我终于没有变成那样的女生。我学会了爱自己，就再也没办法变回过去的小女生。现在的我，不只幸福，更充满了安全感。因为我知道，我永远都会对自己好，我踏实得不得了。

廖一梅在《像我这样笨拙地生活》里写："大多数人在谈论爱的时候，谈论的都是需要，自我的需要。你认为自己的爱是单纯的，无目的的，实际上大多数情况下你想的都是利益，这个利益可能是舒适感、安全感或者某种自我期许……而且这种爱，多半都是你权衡利弊之后作出的选择。"

爱对我来说是太过奢侈的东西，是我唯一的信仰。我无法忍受它变成权衡的结果，我要让它配得上我漂亮的裙摆，配得上我跋山涉水后拥有的眼界，配得上我的所有努力。而这种爱和婚姻，一点儿关系都没有。

广大男女青年被父母逼婚的主要原因大概就是老人寂寞了，想要个孩子让家里再热闹热闹。这一点我完全不能同意。孩子不是玩具，售出不退。我妈说我自私，没错，我不愿意付出时间和心血。可是难道生一个孩子出来填充无聊的时间和拯救将死的爱情不自私吗？养儿防老不自私吗？把自己的意愿加到孩子身上，让他们变成自己想要的样子，不自私吗？

谈恋爱的时候，我喜欢周末可以没有负担地自然醒来，在光线充足的屋子里和男朋友各自看书。我喜欢两个人通宵达旦地说话，聊一切跟生活一点儿都不沾边的东西，比如 3D 打印心脏或者穿戴式设备之类的。我喜欢有余地的生活，把多出来的精力变成精彩的活动，比如去探访胡同里快拆掉的老建筑，比如去上一节以色列防卫课，比如花一个下午学怎么做出像样的马卡龙。我享受恋爱，可并不想跟谁生个小孩。

我自认难以腾出精力培养一个孩子，我清楚自己见识短浅，不足以教给别人人生的道理，我也担心会变成一个宠溺的母亲，允许孩子在餐馆或电影院大声吵闹到处乱跑，我更担心没有耐心和时间给这个孩子足够的爱。这一切太沉重了，我担当不起。庆幸的是，这是我的个人选择，没人能指手画脚。我的基因，不想传递就可以不传递。为此我愿意每天赞扬自由意志。

朋友说我太自私，是的，我知道一个女人只有作为忠贞的妻子才会被歌颂，只有作为慈爱的母亲才会被赞扬。可在我看来，没有什么比用自己的价值观强暴别人更无聊的事了。卢梭在《一个孤独的散步者的梦》里写：“我从来不认为人的自由在于他想干什么就干什么；恰恰相反，我认为人的自由在于它可以不干他不想干的事。我所追求的和想保有的自由，是后一种自由。”我活在 2 字头年龄的后半段，精力无限，努力工作，喜欢的东西自己买，每年攒钱出去旅行，热爱粮食和蔬菜，一颗心还很软，还有一大堆梦想。我跟男友没有准备结婚，也没有打算理顺人生。可是我很快乐，就算没有早晨 6 点钟的吻，就算房东会半夜打电话骚扰，就算下雨的夜晚我会害怕得睡不着觉，在我看来这都是为了自由付出的代价，而我愿意做这个交换，矢志不渝。

/

04

植物生活哲学

▲

有一天半夜我从梦中惊醒，再也睡不着，觉得很累。我睁开眼，房间里的一切都像是要向我涌过来，衣柜里的夏裙、冬衣、衬衫、短裤、围巾、披肩，散在地毯上的书，五斗橱上的相框、熏香、插着百合的花瓶，梳妆台上的化妆水、眼霜、眼线液、眉笔、腮红刷，30L的登山包、60L的登山包，夏天露营的防雨帐篷，冬天加羽绒的睡袋，朋友从约旦捡的石头，耶路撒冷带回来的烛台，富士山的罐装空气……我裹在被子里简直喘不上气，是从什么时候起我开始拥有这么多东西的？

2009 年我搬去杭州读书，领登机牌前妈妈匆忙给我拍了张照片，照片里我穿着一件素白棉质 T 恤，一条已经洗得过于柔软的牛仔裤，一双白色帆布鞋，拖了一只 20 英寸登机箱和一只 26 英寸行李箱。我就这样带着我的全部身家飞到了南方，这张照片现在可以拿出来当证据，证明 5 年前的我是多么潇洒自在，东西少，活得爽。同样是那一年，我经历了人生最冷的一个冬天。杭州从 11 月起绵绵地下了一个月的雨，我所有的鞋子都被雨泡湿了，又怎么都晾不干。江南氤氲湿冷的空气不动声色地渗进我的被子我的羊毛大衣里，让我整个冬天都无法逃开这股潮气和寒气。我买了无数件衣物御寒，让朋友从英国带了一双 Hunter 的花哨雨靴，还去青芝坞的手工店里做了一床厚厚的蚕丝被。只有在洗个长长的热水澡钻进被子里时，我的身体才能短暂地暖和过来，让我感觉尚在人间。再后来开始去校外教书赚钱，累了一天之后总会买点什么打赏自己，衣柜被一点点填满，再一点点溢出来，我浑然不觉。

研究生读到第三年，我突然意识到该找工作了，花了 10 分钟决定去北京，迅速把简历发给了那儿的朋友们。3 天后一家美资咨询公司打电话过来叫我第二天去面试，我当即应下，迅速骑车从图书馆回到寝室，把所有的东西需要的不需要的一股脑儿打包扔进箱子里，打电话叫申通过来取件。我背着一个装着套裙和高跟鞋的登山包打车去了武林门，等了20分钟后坐机场大巴到了萧山机场，挑了最便宜的一班飞机在当晚飞到了北京。后来快递把东西送来时我才觉得头大，朋友借我住的房间被几个纸箱堆得满满的，我收拾了整整一夜。

可这也没有阻止我培养出恋物癖。那年冬天我找到了工作，第二年春天在三里屯附近租了一个像样的房子，两个月后又搬到了胡同里，和认识了十多年的几个老友住在一起。终于有自己的家了，终于踏实下来。我不停往这个家里添东西，床、衣柜、书架、摇椅、绿植、抱枕、窗帘、落地穿衣镜、喝红酒的水晶杯、喝香槟的高脚杯……好多个周末我都千里迢迢奔向宜家，不辞辛苦地往家搬各种家居用品，我简直变成了勤劳的海狸。不到20平方米的带阳台卧室被我塞得满满的，如果发生灾难，我囤积的各种生活用品和食物足够让我存活个把月。

我的持有欲在2013年初上升到最高点。那个春节没回家，我在计划着买个房子。现在想想，那会儿心里大概太空了，想靠沉沉的物质把自己填满，好像填满了就能幸福了。在一次去看房的路上我清醒过来，下了地铁直接回了家。这不是我要的生活，我需要的也不是一个房子。

我在家里想了好久，想弄清楚这股持有欲到底从哪儿来，为什么不管新的旧的我都舍不得扔，为什么需要的不需要的都一定要买回家。后来读了山下英子写的《断舍离》，里面说大部分人储物的原因都是来自对过去的执念和对未来的不安。我开始追溯这份不安全感，从小我就一直搬家一直搬家，这个城市搬到另一个城市，新的口音，新的公交路线，新的学校，新的朋友，新的记忆。越是这样我越是想要拼命抓住以前的生活，我需要旧玩具、旧衣服、旧照片提醒我以前的日子不是假的，它们存在过，以前的温情也不是假的，就算今日不复相见。堆在房间里的根本不是旧物，是历史感情。它们曾经是美好的，现在只会拽着我让我一步三回头，让我无法往前走。

第二次看《阿甘正传》时，我记住了一句话："我不觉得人的心智成熟是越来越宽容包涵，什么都可以接受。相反，我觉得那应该是一个逐渐剔除的过程，知道对自己最重要的是什么，知道不重要的东西是什么。而后，做一个纯简的人。"

我决定好好清扫一次我的房间。以前我收拾屋子的办法是整理，收纳盒、收纳桶、压缩袋、整理箱……一层套一层，先分类，再贴上标签，心里就踏实了。现在的办法是扔。两个月以上没吃过的维生素片，扔；用剩一半不想再用的眼霜，扔；堆在衣柜里永不见天日的衣服，扔；不想翻第二遍的书，扔；连毛绒玩具、朋友从各地带回来的手信和冰箱贴，我都通通包装好送去了五道营的交换商店里。美好的记忆我记得就够了，本来就是留也留不住的。

我列了一个自己真正需要的物品清单：

笔记本、相机、手机、Kindle、移动硬盘

三套贴身小衣、两件白色 T 恤、两条牛仔裤

跑鞋、帆布鞋、凉拖、黑色细高跟鞋各一双

一件厚羊毛大衣、一条黑色裙子、一只小手袋、一只行李箱

一套户外衣物、一个睡袋、一个登山包

日记本、黑色墨水笔

真觉得好笑，以前我有上千件东西，可真正需要的加起来就只有那么几十件。整整 3 个月我没有买任何新东西，聚会时的拍立得照片也让朋友们都分走了，我甚至不再注册新的账号。我的世界清静了。我开始像植物一样生活，只拿走自己需要的，只盼望水和阳光。

上一次有这样的感觉还是几年前的冬天。我和朋友去云南玩，两天的虎跳峡徒步变了四天的暴走香格里拉。我完全没有计划，所有的东西都扔在了丽江的客栈，登山包里只有牙刷、钱包和纸巾。到中甸住下时手机和相机都没电了，只好在青旅里到处借同型号的充电器。脸被晒伤，可小镇里居然找得到曼秀雷敦的薄荷膏，涂在脸上一会儿就不疼了。没有换洗的内衣和袜子，我就把它们洗干净靠电褥子的温度来烘干，青旅的义工姑娘还好心借了

我一套干净的睡衣。第二晚干脆半个迪庆都停了电，我在火炉边上把一杯牛奶烤热，热水器里的水还够我洗个舒服的热水澡，我打着手电在纸巾上写了一会儿日记，突然感觉满足得不行了。整个小镇那么安静，没有灯光也没有声响，打开窗子就能看到满天的繁星。我穿上两层冲锋衣到院子里待了一会儿，耳边只听见呼呼的风声，星光下隐约看得见远处的山岚。气温降到了零摄氏度以下，冻得我无比清醒。我闭上眼，真切地感觉到自己是自然的一分子，感觉万物有灵且美。

后来我又重读了一次《瓦尔登湖》，梭罗写道："我宁可坐在一只大南瓜上，由我一个人占有它，也不愿意挤在天鹅绒的垫子上。我宁可坐一辆牛车，自由自在来去，也不愿意坐什么花哨的游览车去天堂，一路上呼吸着污浊的空气。"我想能否逃离天鹅绒其实并不重要，你看我玻璃瓶里的绿萝，没有什么空气能玷污它，一点儿细碎的露水就能绿一整个冬天。它无须挣脱，已经自由。

/

05

我心里的缺口
是个歪歪扭扭的锯齿形

▲

在陷入美剧的无底深渊之后，我看了大约1800集肥皂剧，但是没有一部剧在我心里的地位比得过《实习医生格蕾》。

开始追这部剧的时候我大二，格蕾和其他的主角是实习生，食物链最底层。那一年我过得特别糟糕，糟糕到我的朋友放下电话连夜从哈尔滨跑到我学校来安慰我，每天都是哭着睡过去再哭着醒过来，晚上喝一瓶啤酒就会醉，到最后很多年不联系的人跟我吃完饭都会发短信给我说："我带你走吧，你这样子像鬼一样。"剧里的格蕾也没有好到哪儿去，她妈妈得了阿尔茨海默症，她爱的男人选择了他老婆而不是她，执业医师考试的时候她一个字也写不出来。有一次上国际金融的课，犹太老头拿着我的项目建议书对我大喊："你太让我失望了！我对你期待那么高，你就交上来这样的狗屎论文给我？真为你丢人！你真让我丢人！"那天下了雨，我攥着我的狗屎论文在没人的操场上一圈一圈地跑，跑到心脏都要跳出来。回寝室把自己擦干，打开电脑。剧里的格蕾被她亲生父亲抽了一耳光，回头又被她当成爸爸一样的外科主任抽了一耳光。如果你问我，我会说我完全能理解她的感觉，你不会觉得疼，只觉得世界像是一个巨大的、逃不出来的玩笑。

后来我的生活开始好起来，格蕾也是一样。每次一集演完，看到德里克从后面抱住她入睡，我都觉得特别安全。我想如果有人每天这样抱着我睡着，我一定幸福到想晕掉。

再后来，好友死在她怀里，德里克终于在电梯里跟她求婚，她爸爸死掉，她眼看爱人中枪，然后自己受惊吓流产，她篡改实验对象被踢出实验项目，她领养非洲小女孩左拉，她妹妹又死掉……剧里的人总是不得消停，而我的生活趋于平静，我从一个城市搬到另一个城市，从北到南，再回到北方，读书，讲课，实习，工作，恋爱，再离开。可是那些挣扎的时刻，分明是一样的。一次次努力想证明自己，却一次次做错事。我在乎的人纷纷离开我的生活，然后我就不再在乎了。好像生活就是这样，你把心一点点磨硬，然后就可以继续过日子，无论这日子将把你带到何方。

2013年这部剧播到了第九季，女医生四月被求婚。我在金台夕照附近的一个露天小咖啡馆看了这一集，太意外也太幼稚的求婚。但这无所谓，这男人阳光到无以复加，幸福感让四月平庸的脸也发出美丽的光彩。在我已经疲惫到想要算了吧，就随便跟一个会对我家人好的男生结婚吧的时刻，我看到了这一集。它让我想起来被爱的感觉，想起来我的脸上也曾经有这样的光彩，想起来我每天舍不得入睡因为现实比美梦更美好的日子，我实在没有办法在这件我唯一无法理智和妥协的事情上不听我自己的心。我给好朋友发了条消息，我说我会继续追求那些让我的心也会笑的人和事，我不会折中，我会一直理想主义下去。过了一会儿他回复我："我不会。"

人都会有不同的选择，走不一样的路。这真的都没关系。有时候你不想放手，但是到最后你总是会做对的事。就算犯错了，也会再走回来。一年一年，就是这个样子。成长，变老，就是这么回事。因为不管多跑偏，你心里其实都有自己要坚守的东西，这东西不会死也不会变。我是个理想主义到一塌糊涂的人，我愚蠢且无可救药地相信在无垠的宇宙中，在茫茫的人海里，有那么一个人，在大步走向我。我可以做我不喜欢的工作，扛过所有的烂摊子，忍受很多无聊和无意义，但是我必须相信这个，必须坚持。

又过了8个月，我的生活里发生了无数件事，我谈了恋爱又辞了职。我不知道现在身边的男人是不是能跟我走到白头，但这对我不重要。如果我可以在播客节目里大声说我很爱他，如果我愿意把所有闲暇时间都用来陪他，如果我想起他的时候脸上会浮现笑容，如果我想带他回家见爸妈，我觉得他就是我一直在等的那一个。也许有天他会离开，也许有天我会离开，我都不觉得害怕。时间过得那么快，从大二到现在 7 年了，那段艰难的日子塑造了我的性格，我不会再在雨里跑到感冒，也不会再喝到烂醉。如果 19 岁时我没有被击败，现在也没什么能打垮我。人生本来就起起伏伏，没什么大不了，也没什么了不起，撑过去也就是了。我真的不再求一个结果了。

黄磊唱，年华似水匆匆一瞥，多少岁月轻描淡写。从第一季阴郁纠结的实习医生，到现在两个孩子的妈妈，这些年格蕾像是身边一个熟悉的朋友，我看着她成长、受伤再痊愈，我也跟着努力挣扎和蜕变。她不再躲在医院走廊里默默哭泣，我也学会了对困境做深呼吸。我知道真实生活里众生不会有电视剧主角那样的好运气，但我总可以有她的勇气。人生也好，剧也好，永远都会有亲人离世、爱人分开、朋友渐远，我一点点学会不再强求，也不再想要留住美好的时光。除了不可避免地走向衰老之外，没有人知道前方会有什么际遇。而我也是慢慢才懂得，这才是真实人生里最好的部分。

/

06

那些不完美的岁月叫青春

▲

晚上去参加了一个播客，和从咨询行业跳到移动互联网创业大军的萌萌，还有点名时间的创始人何峰一起聊了分享经济，又说了一大堆创业和大数据的事儿，聊得兴起，8 点说到 9 点半，天南地北扯到录音笔快没电。

回到家我才反应过来这件事儿对我意味着什么。

我曾经特别讨厌自己的声音。第一次从录音里听到自己的声音，我难过极了。跟小说里形容的呢喃软语、声如莺啼、余音袅袅、大珠小珠落玉盘差远了。那时候我十一二岁，瘦得像黄花菜，个子又不高，被我妈剪去了长发，走在路上总会被认成是小男孩。本来就已经自卑得像鸵鸟，又发现自己的声音跟萌少女离了八丈远，真的难过死了，一点儿都没办法喜欢自己。有一次被老师选中做国旗下讲话，拿着演讲稿去彩排后又被退了回来。我站在办公室的角落里听见教导主任打电话给我班主任，问她怎么选的人，声音一点儿都不清脆好听，赶快把这孩子领回去。那天我躲在厕所里哭了一整个早自习，也没有去参加升旗仪式。

青春期的时候更惨，我从来都不敢在音乐课上唱歌，也从来不举手朗读课文。初二时候和邻班辩论比赛，我暗恋的男生是反方二辩。好朋友小武给我录了音，回去之后我激动得不行，把磁带放随身听里听了一夜。第二天我把自己的声音都洗掉了，后来干脆把所有人的声音都洗掉了，就剩他的。于是一盘磁带里大片大片的空白，只有他空旷的声音神经病一样地说着："我认为对方辩友的观点实在是以偏概全……"

大概很多今天气场十足的青年妇女都是从自卑少女磕磕碰碰走过来的，现在回忆起当初也能一笑了之，可当时是切切实实的痛呀。没法面对自己，整个世界又那么小，一个喜欢的男生忽略掉你，一下子世界都坍塌了。什么自信，哪里有自信。好不容易回到家，听见父母跟亲友打电话，永远都是那句："我家女儿比你家孩子差远了，学习好也都是小聪明。"那时候哪知道是父母故作谦虚，以为他们就是这样想自己，心里唯有的那点骄傲立刻像被吹灭的酒精灯芯，一点儿还手的余地都没有。自己关在屋子里，不想睡觉，因为醒了就得起床，就得回到自己样样都不完美的世界里。

第一次有男生跟我说他喜欢我，我觉得他是骗子。第一次有男生当面夸我漂亮，我觉得他是逗我。那时候好羡慕班里像沈佳宜那样的女孩子呀，长长的头发露在校服外面，胳膊细长，皮肤白得透明，声音柔软得能把人化掉，一双眼睛都会说话。我能一节课不干别的，光盯着那些美好的姑娘，觉得青春只有她们这样的才配有。

后来我长大了，妈妈终于又允许我留起长发。开始有男孩子真的喜欢我，在我家楼下等一整夜，把所有零花钱都给我买冰棍儿吃，圣诞节带我去很贵的红磨坊吃牛排。可我依然不觉得自己值得，幸福像是偷来的，哪天这个男孩清醒了，就会把爱再要回去，连本带利的。过了一年他出了国，我对自己说：你看，还是你不够好。

读大学时一个班都是女生，军训时她们说，只有你一个人晒不黑，远远看过去像镜子白得反光。还有人说，你内双的眼睛真好看。我心里想，她们真善良呀。

读研的时候我认识了一个男生，我做所有的事他都会夸我，他觉得我什么什么都特别好，穿着大短裤盘腿坐地上吃比萨吃得一脸都是番茄酱他都说我美。他给我拍了很多照片，把它们都拿回家给他爸爸妈妈看，说我是发生在他身上最棒的事。我到今天都不知道他是真的这么想，还是只是人很礼貌很会说话而已。但是他重复了那么多次，我也隐隐约约觉得我好像没有那么无聊，没有那么平凡，也没有那么不值得被爱。和他分手时我很难过，不光是觉得失去了恋人，我心里害怕的是，他是最了解我的人，他知道我所有的心思和秘密，可他选择不要再爱我了，是不是我到底还是不值得？

我花了一年时间劝自己，终于早晨又能从床上爬起来好好做人了。这一年里我做了很多很多以前不敢做的事，我去乡村小学做义工，去镇子里跟陌生的工人聊天，自己去很远的地方旅行，去给慈善晚宴做主持人，去做同传，重新开始写作。后来我发现还是有人喜欢我的，他们大咧咧地说觉得我这个姑娘不错。我开始把照片放在人人网上，有不认识的小姑娘在下面留言说拍得真好看。再后来甚至有人看了我写的东西和我说，希望以后能变成像我一样的人，活得洒脱和漂亮。我真的感动，我不记得在电脑前哭过多少回。我多年都没有的自信终于开始在心里生根发芽。

自信不是凭空就来的，小时候我们需要父母的夸奖，青春期需要同伴的认可，长大了更需要有亲密的人不间断地在你耳边告诉你，你有多棒，有多美，有多珍贵。其实这些都没有也没关系，来晚了也没关系，我们慢慢地总能找到自己想要走的路，会有和你生活不相关的人跑过来专程告诉你，你有多优秀。很多时候我们的美好都被遮住了，要很多很多年才能绽放。回过头来看觉得很委屈，明明可以美美地度过一个没有自我怀疑的青春期，明明可以不用花这么多时间给自己打气。可如果没有这些漫长的路，心里的底气哪会有这么足。

很久之后我遇到了现在的男友，我们在一起很开心，有无数的话可以聊。我鼓起勇气告诉了他更多的秘密，我把所有的过去都说给他听。他后来给我写了一封长信，他说我让他夜晚能安心入眠，早晨醒来的时候嘴角还带着笑。他说我照亮了他生命里早已暗下去的部分，以后的人生里他渴望能一直看到我身上的光，希望等我们老去后能对着镜子相互数头上的白发。他说我是他的英雄，他爱我原原本本的样子。我把这封信打了出来放在钱包里，心里暗暗对自己说，要一直对他好，因为他对我，有知遇之恩。世界上有一个人肯彻头彻尾地爱我，我就能好好爱自己了。

小时候我不知道有多渴望拥有一个完美的人生。我那时对人生赢家的标准是：说话得体，不讲粗口，不会说黄段子，跟家人和睦相处，考上北大，毕业论文每一句都是自己写的，25 岁跟青梅竹马的初恋男友结婚。可现在不知道有多庆幸我走了一条九曲十八弯的路，这一路上我好好地认识了自己，也认识了那么多天马行空的人，她们给我做亲手烘焙的蛋糕，她们给我做面膜，她们跟我在小酒馆里喝酒到半夜；他们陪我在北京的夜里骑车穿过半个城，他们陪着我露营晚上冻得哆哆嗦嗦的还出去拍星空……他们都会是我一辈子的朋友。到现在这个岁数我总算可以带着不在乎的心态回望过去，知道不完美的那段岁月才是青春，不完美的经历才是人生。

我爱着身边不完美的朋友们，爱他们所有的优点和缺点。我爱着不懂儿童心理学的我妈，也爱着家里的吵吵闹闹。我爱着我租的小房子，系统慢得跑不动的笔记本电脑，写到一半就扔下的日记本，和永远没有报酬的志愿者活动。因为这些是我的人生。如果能重来一次，我还愿意做一个自卑地度过青春期的女孩，因为过去每一天的自我怀疑，都让我今天加倍好好对自己、对别人。你看我毕竟有胆儿去做客一个播客了，我现在过得没有那么糟。

我也想告诉所有的姑娘，下次有人夸你长得漂亮时，他们是真心的。

你很美。

/

07

两个女人的不归路

▲

大雪封山的春节，我趴在家里铺了地暖的美好地板上，边喝冰可乐边看完了《末路狂花》。辽阔的背景，漫天的黄沙，孤单离去的背影，我身体里每一个向往自由的细胞都不安分地蹦出来，让我恨不得买张机票飞到俄克拉何马，开着那辆 1966 年产的福特雷鸟敞篷复古跑车，一路绝尘而去。

两个女人，露易丝和塞尔玛，被风吹乱的头发，牛仔夹克，白色背心塞进高腰牛仔裤里，丝巾，墨镜。最初的镜头里，她们拿着拍立得拍了一张笑容飞扬的照片。电影的结尾，她们紧紧地拉着手，嘴里叼着烟，加足马力冲向悬崖。

塞尔玛是听话的家庭主妇，说话声音大一点儿都会被丈夫斥责。露易丝是餐厅女招待，攒了一辈子钱也只有6700美元。本来只是一次周末旅行，途中两人在一家叫“银子弹”的酒吧喝酒跳舞找乐子。塞尔玛在家里压抑得太久了，她只想释放一会儿，可和她跳热舞的男子觉得这是风骚，把她带到停车场要强暴她，被露易丝一枪打死。两个女人惊魂未定就开始了绝命天涯之旅。

她们在路上遇到布拉德·皮特扮演的帅气男子，塞尔玛和他一夜良宵之后，被后者偷去了所有的钱，无奈之下居然无师自通地抢了便利店。她们拿耳环和项链换了一顶廉价的帽子，她们把纳粹警察反锁在后备箱里，她们一枪崩掉他车里的无线电，她们炸掉言行猥琐的卡车司机的油罐车，她们沿着西部的公路狂奔，她们奔向永远都到不了的墨西哥。

女人间的友情被太多胭脂气淹没了，被鸡毛蒜皮的计较遮住了，被嫉妒心和无休止的相互比较压住了。可到了患难时，也一样肝胆相照。就算有猜忌、有不满，可是在喝醉了的时候，是身边的女友为我们挽起长发，给我们在厨房煮一碗醒酒汤。失恋的时候，是她们抱着我们的头，说哭肿了眼睛肌肤老得快。

片中两人开车驰骋在西部苍凉的公路上，塞尔玛对露易丝说：“他弄痛了我。若不是你站出来，他会严重伤害我。而他会没事的——大家都看见我们跳舞，他们会说成是我自找的，我的一生会比现在来得不堪，起码我现在很开心。我一点儿都不难过那浑蛋死了，我只是抱歉是你动手而不是我。”

电影里唯一同情她们的警官说：“你知道女人有多少次被人欺凌。可只要还有女人还在反抗，就无须绝望。”昨天和我的朋友讨论起女权，他不无讥讽地说：“你们这些女权主义者就是什么都想要。”如果女权是女性想要争取到的人权，那么对，我什么都想要，我要尊重，我要选择的权利，我要女人说的话都能被听到，男人能得到的东西我们也都想要。在把纳粹警察扔进后备箱时，塞尔玛拿枪指着他说：“好好对你妻子，我丈夫对我就不好，你看看我现在变成什么样子了。”

不管这部片子是不是被贴上女权主义觉醒的标签，它都一样感动我。公路电影永远都不会乏味，我恨不得人生只是这样一条看起来无穷无尽的道路，即使心中绝望和惊恐，都不用走回头路，只要还有汽油，就能一直开下去。不用管工作，家庭，三环8万一平的房子，户口，摇号，红酒开瓶器，医保，公积金，怀柔种的有机蔬菜，汽车，奶粉，海淀区小学择校费，出国，考研，报纸上的填词游戏，铂金包，万国表，无印良品的床单，相亲，口香糖，80块一张的电影票，年假，防晒霜，情人节的玫瑰花……这些跟我有什么关系，为什么我被这些标签压得只想推翻一切，抛开一切地上路？如果真能做白日梦，我想把长发剪成板寸，穿上我的牛仔外套，跳进一部车，天涯海角都要走下去，变成江洋大盗也要走下去。

几个月后我去了加州，跟朋友结伴旅行。她驾照过期，我有车本但不会开，再加上我们都很穷，100 美元一天的租车费也觉得贵。于是她骑着租来的山地车，我滑着长板，累了就拽着她的车座走一段，我们就这么一路颠儿着走完了湾区。从山景城到斯坦福的那个下午，阳光烈得把路都要晒化了，我们就爬到一棵树上，直到风起时才又接着赶路。那会儿真希望半路有人挑个旗子卖大碗茶，可以喝个痛快。躺在树上乘凉的时候，我想年轻大概就是有勇气抛开北京的中央空调，跑来加州一点儿云都没有的天空下暴晒吧。不去抢奥特莱斯里打完折依然昂贵的奢侈品，不再理亲戚们逼婚的言语压力，不用管将来的孩子能不能进海淀区的小学，也不担心回去要敷多少张面膜才能把皮肤恢复成原来的颜色。虽然长发在风中飞得纠结，但我还是没勇气剪成板寸或者在脚踝刺个多巴胺分子式，但这场公路旅行太棒了，两个潦倒的姑娘，连车子都租不起，还是冲着太阳的方向一路筋疲力尽地狂奔下去，这本身就比最棒的公路电影还精彩。

《末路狂花》的最后，离家千里的她们还是被警车追到末路。两个女人一点儿都不怕，相拥着亲吻，然后把油门踩死，驱车飞向悬崖。露易丝嘴角带笑地看着塞尔玛："你还满意这次度假吗？"

PART

/

02

太阳照常升起

一个个挣扎着无法入睡的深夜，
我们无数次仰望星空，
痛恨也热爱着自己的 20 岁，
那灼热的无聊的黄金时代。

/

/

01

茧

▲

我有一个设计师朋友，叫汉斯，在瑞士的乡村长大，20 出头时去纽约生活，后来搬来北京。他的第一份工作是在农场学工，第二份工作是互联网码农，第三份工作是做会计师，第四份工作终于翻身做了主人，自己开了一家设计公司。到了北京之后他也没改变“性本爱丘山”的天性，想要把资本主义发达的农业科技带到社会主义的土地上来，于是孜孜不倦地宣传可持续发展的绿色农业，在讲述人与自然时讲到精彩处激动不已，浑厚如赵忠祥老师一样的嗓音里总是偶尔夹着几声兴奋的尖叫，让围观群众无不深刻记住他的观点。

我受邀去看过他的设计作品发布会，新的系列叫“茧”。模特是一个短头发的女孩，面目清秀，眼神干净，带着点天真和俏皮，好多照片里都低着头。这一系列的衣服我也喜欢得不得了，黑白灰的简单颜色，全靠剪裁和细节出彩。汉斯问我：“你看出来这些衣服有什么特别吗？”我不懂设计，也不懂时尚，一句评论也不敢说。他说：“你摸摸这些衣服的材质，都是蚕丝做的，这些蚕来自四川凉山彝族自治州。16 岁在农场时，我哪里想得到，有一天我会去遥远的中国，到一个我名字都拼不出来的小村庄里寻找做衣服的材质。人生多么奇妙，它就这样发生了。”

冬天到来的那个周末我坐着火车回到更北的地方，在家里温暖的地板上看完了《绝命毒师》。从第一季唯唯诺诺的中学化学教师，到后面教父一样的人物，他一辈子过完了两个人生。第一次杀人的时候他哆嗦着手，无法相信这样的事情是自己做出来的。后来看着吸毒的女孩呕吐的时候，他没有施救，眼看着她呛死在自己的呕吐物里。开始是为了自保，到后面就很难说是不是爱上了做坏人的感觉，控制一切的感觉，我要你死你就死，我要你活你就活。给一个机遇，普通人变成恶魔也是容易的事。

我有时候也会想象我没有经历的那个人生是什么样子。如果大二那年家里没有变故，我会按计划去德国，考一个 DAF 高分对我没有难度，那年我已经能用德语讲述为什么北京人喜欢吃烤鸭，为什么要在薄饼里卷上黄瓜丝、葱丝，涂上甜面酱。然后我会去海德堡大学读书，两年后厌倦小镇，飞到另一个大陆读社会学硕士。中途我会爱上一个嬉皮士，辍学跟他开着四面漏风的汽车自驾66号公路，抽很多烟，脚踝文上刺青。然后他会离开我，我难过之下痛定思痛决定面朝大海春暖花开。如果运气好我会打一堆疫苗，去肯尼亚给格莱珉银行做一个12个月的志愿者项目，为当地妇女提供小额贷款，教她们用自己的双手改变生活。我会爱上一个健康又朴素的男人，也许留在当地，也许和他回到他的家乡创业，开一家小酒馆或者小书店，好好过日子。然后在30岁的时候，我可以说我度过了没有遗憾的青年时光。

但是我没有过上那样的日子，25岁已经过半，我在一家国企上班，7点钟起床，看一个TED演讲，运动20分钟再洗个冷水澡，挤一杯鲜橙汁，吃玉米片，8点10分上班。五点半下班和朋友们吃饭，或者骑车在胡同里瞎转，走哪儿算哪儿。偶尔会坐一个半小时地铁去海淀区和我的另一堆朋友玩一晚上星际争霸。每三个月我会在微软做一个活动，邀请北京所有好玩的人过来分享他们的经历或者有趣的点子。我的现实普通又无趣，像城里千千万万个男女一样，常常觉得疲惫和无力。我很难形容自己是什么样子的人，按部就班的人生过了二十几年，已经失去分辨的兴趣和改变的勇气。年少时读《萧十一郎》，最喜欢里面描述风四娘的句子："喜欢骑最快的马，爬最高的山，吃最辣的菜，喝最烈的酒。"所谓生命力莫过于此。小的时候幻想的快意恩仇、义薄云天也许还在血液里，只是被日日夜夜的平淡生活销蚀到不见。

在怀疑自己是不是就错过了精彩的一生时，我也会提醒自己，一切只有在想象中才是完美的。我很有可能在哪一个环节就堕落，从抽烟变成吸大麻，我有可能遇见一个人渣，骗光我所有的钱然后还要把我变成未婚妈妈，非洲更是说不准的地方，一次疟疾就能把我打垮，跑回中土从此再也不出家门。说不准在30岁的时候我还要靠家里的关系找一份国企的工作，然后7点钟起床，8点10分上班，5点半下班，最大的人生爱好是做饭和看美剧，对一切未知的都失去兴趣。

我们可以用一百种方式幻想理想人生的样子，但事实是没有一种人生可以满足我全部的想象。我不希望再有一次变故打破我原来的僵局，把我变回19岁站在马路中央无家可回的女生，把自己推向没有计划过的一切。已经过了6年了，我走了那么多路，磨破了十几双鞋子，我实在应该更强大一些。生活那层茧，如果要靠被剪破才冲得出来，也是件不自在的事。

最近一年我经常焦虑，早晨四五点钟就醒过来，躺在床上翻来覆去无法停止恐慌。一直都不敢再翻那本《当我们旅行》，总是被迫安慰自己，我也只是比莫琳跟着托尼开车穿越欧亚大陆时大 3 岁而已，我还有机会去蓝色土耳其，去鞋带上的东南亚，去开一家自己的公司。我想我的压力更多来源于二十郎当岁依然一无所成的恐慌，而非看不到大千世界的遗憾。我其实知道，22 岁没经历的地方间隔多年以后一样可以去，没有什么事情来不及。我 49 岁的妈妈开始在网易听沃顿商学院的公开课，我 75 岁的姥姥学会说网上的流行语，知道比特币，我给她买了本《穷时候，旧时候》，她也认真地说要口述一本书。16 岁的汉斯不知道自己 30 岁的时候会在北京戴着口罩上下班，我也实在不应该花时间担忧自己 10 年后身在何处，会有怎样的境遇。

博尔赫斯在集子《诗人》里写："有个人立志要描绘这个世界，随着时间流逝，他画出了王国、山川、港湾、岛屿、房屋、星辰、马匹和男女。临终前不久，他发现一辈子所勾勒出的世界，纵横交错的线条竟然汇成自己的模样。"我们当然可以借诗人的话安慰自己，或者套用一句谣传是杨绛先生说的话："世界是自己的，与他人毫无关系。"可这样的话，也要有见识和阅历的人说出来才有底气。毕竟我们这个岁数，是如此期盼外界的肯定，甚至渴望命运的波澜。我们最无法忍受的，不过是无聊而已。我们最害怕的，是自己的力量只够悄无声息地挣扎一下，剩下的光阴只是重复着不安地原地踏步。

英国伦敦的一个男人，在一个普通的星期五离开家，在离家两条街的地方租了一个房子，独自过了25年，没有给妻子写过一封信，没有再亲吻过他的儿子。他也曾化妆、戴着假发到自己家附近偷窥，可他再也没有走进原来的生活。25年后，他神态自若地敲开了家门，仿佛刚刚下班回来一样自然。

想要在原来的轨迹里活出个新的人生，心没有这么硬，原来的割舍不掉，怕是不成的。就连我的朋友汉斯也不止一次和我抱怨，每次看到北京的雾霾天，他都无比想念小时候乡村的好天气，而我大中华的美食，在他心里都比不过妈妈做的一颗烤土豆。我所羡慕的有趣人生，在他看来也只是随波逐流的一次偶然而已。

/

02

什么愿望都没有实现的夏天

▲

前一阵儿很多人都去看了《致青春》，回来感慨自己“青春让狗吃了”。我倒是觉得我们这一辈人没资格说这话。青春的意义不是夜店泡吧，文身打架，不是《美国派》，除了穷、恋爱、迷茫、疯狂之外，这个词就没有别的意义了吗？就算是，大学里荒废的四年还不算吗？魔兽、挂科、失恋……有几个人没经历过？

我在回忆我的青春的时候，能想起来的除了那些慵懒的下午窝在寝室里看的美剧，一个人背着包在异乡漫无目的的旅行和毕业时一场一场醉过去的散伙饭，印象更清晰的是那些最朴素的日子，6 点钟起来跑步，课间在安静的外院天台上背惠特曼的诗，走到哪儿身上都带着写满德语句子的小纸条，熬一整夜一遍遍把策划书改到完美。那会儿不知道累，不考虑后果，不害怕用力过猛，我觉得这股不怕输也不怕死的劲儿才叫青春。

很多人活在自己的二十几岁，靠父母养活，打游戏一夜不睡，白天到日上三竿都懒得起床，叫个外卖于是又是一天，然后在微博上写“青春就是用来挥霍的”。这种行为简直可耻。我也有过这样的日子，现在想起来，无比羞愧。

很多人在年轻的时候不懂怎么去爱，恨不得全世界都给他，一旦感情破裂就难以自持，割腕酗酒，堕落颓废，这还不算，还要煽动舆论谴责负心人。我从来不觉得一生一世永远爱一个人不离开就是美德，付出爱也要看看对方值不值得，就算他拼了命去爱你，把全世界都给你又能如何？他的全世界能有多大？栖身之地都没有，何谈全世界？人活一回，就算不能为社会创造贡献，起码要让身边的人觉得温暖和安全。

很多人怀揣梦想，向往未来，觉得生活在别处，要永远在路上，永远热泪盈眶。可一年两年三年，除了变老，生活并无变化。一直活在幻想里，回到现实就什么也不是。明知道想要的东西现在就该去争取，等是等不来的，可始终迈不出那一步。没有人限制过我们的人身自由，父母、学校还有体制都只是借口，还是自己不够勇敢、不够努力。

这样的男女，就像你，就像我。

这样的青春，真的没什么好留恋，想想这些年平白辜负了好年华，实在不忍回忆。年轻，是一无所有，是输得起，可这是上天恩赐的，不是拿来喂狗的。不是错过了一场演唱会或一次表白就白过了。我们不会比昨天的自己更年轻，不管愿不愿意，时间都在马不停蹄地向前奔跑。准确的身份定位、精彩的生活、美好的家庭谁都想要，但这都意味着一次次尝试，一次次地跳出自己的舒适圈才能找得到。遗憾的是，我很少听见谁骄傲地说自己在做喜欢的事，太多人都在抱怨，然后拿一堆借口搪塞自己。活到这把年纪，我对此已经失去耐心和同情心。有本事弄点动静出来，像个旧社会小怨妇似的天天扎小人，真让她像安娜一样出走，最后就来一句“臣妾做不到呀”，有什么劲？

《笑傲江湖》里有句话：“各有因缘莫羡人。”我有幸认识了一些真正优秀的年轻人，和我相仿甚至更小的年龄，同样不知道未来在哪里，但他们没有停止探索和尝试，日历里是满满的计划，每天读书，关心时事，精力充沛地参加各种活动，拿到名片后当晚回家必定会写邮件来作自我介绍。我常常收到半夜发过来的邮件，常常在加班到三更时发现好多人也还在工作。即使资质参差不齐，这份态度也让我动容。我渐渐明白，成功的道理很简单，付出时间和心血，努力再努力，坚持再坚持，只要天分和运气不是太差，结果就不会太糟。可就是这么简单的道理，往往人都做不到。

梅格·杰伊在她的 TED 演讲《20 岁一去不再来》里分享了 3 条重要的道理："第一，我常告诉 20 来岁的年轻人，不要为你究竟是谁而烦恼，开始思考你可以是谁，并且去赚那些说明你是谁的资本。现在就是最好的尝试时机，不管是海外实习，还是创业，或者做公益。第二，社会中许多机会是从弱关系开始的，不要把自己封锁在小圈子里，走出去你才会对自己的经历有更多的认识。第三，记住你可以选择自己的家庭。你的婚姻就是未来几十年的家庭，就算你要到 30 岁结婚，现在选择和什么样的人交往也是至关重要的。简而言之，20 岁是不能轻易挥霍的美好时光。"

拜读高中校友林小牧的大作《里海大决战——冲出死亡谷》时学到了一个经济学术语"路径依赖"，指人类社会中的技术演进或制度变迁均有类似于物理学中的惯性，即进入某一路径就可能对此产生依赖。一旦人们作了某种选择，就好比走上了一条不归之路，惯性的力量会使这一选择不断自我强化，并让你轻易走不出去。翻译过来就是林少爷引用的王小波的话："任何一种负面的生活都能产生很多乱七八糟的细节，使它变得蛮有趣的；人就在这种有趣中沉沦下去，从根本上忘记了这种生活需要改进。"

20 岁时因为无聊而约会的人，可能就会变成 30 岁的枕边人；20 岁时随便挑的工作，可能一辈子都再也没离开。青春的意义是给你机会在走到死胡同时走回来，不是让你在墙根下坐着等死。就算你在那儿搭个帐篷，摆个碗，逢人就讲个段子，给无聊的日子找到了乐子，也无法改变这是死路的事实。要知道无数个准备做一件轰轰烈烈大事的夏天，就这么变成了什么愿望都没有实现的夏天。

/

03

他是一棵树

▲

我有一个朋友，我认识他快 8 年了。第一次见面是在一个大学的付费德语课上，他学汽车工程，高高瘦瘦，戴着黑框眼镜，穿格子衬衫，就像我认识的大部分工科男生一样，非常聪明。难得的是还有语言天分，而且我讲笑话他会笑。有一天他请我吃饭，说他保送了本校的博士生。至此，他在这个不是故乡的北方二线城市已经待了 7 年。四年本科，成绩优秀，以第一名的身份考上了本系研究生，现在要接着读博了。家里人很满意，他也挺开心。

可是心里总像有根刺。他不说，但我知道。德语课我去上了一年半，其间班里的同学陆陆续续去了德国。中途有一个女生来读了一个暑假，她在欧洲的一条游轮上工作，像水手一样随船漂泊，到岸停留。我的朋友对我说，真羡慕这样像小石头一样的人，别人踢到哪儿，就跟着滚到哪儿，哪儿都不久留。恐怕我要变成一棵树了，一直种在这儿。

后来我去南方读了研究生，再后来我去了北京工作。他很少给我打电话，有一次我抱怨，觉得他不拿我当朋友。他说："我想，可我都没有什么新鲜的可以告诉你，再说了，看你天天那么忙。"

他是个好人，也是个好朋友，每次我回家他都找我去看一场 3D 的巨幕电影，这是我们的传统。看完电影坐着聊天的时候，他会问我新的男友怎么样，新的实习有没有意思，又去哪儿玩儿了。末了总会说："真羡慕你呀。"

我说："不知道你羡慕我什么。"其实我知道，他觉得才华浪费在这儿太可惜了，他觉得生活每天都是不停地重复，云、树、街口卖水果的小摊儿，7 年了，打球时候穿的是同一件球衣，出校办事坐的是同一辆公交车，电话号码都没有换一个。在这个一切都在变的年代，好像唯一不变的就是他自己。这真是个让人沮丧的事实。他也约会姑娘，可这些姑娘不管高矮胖瘦，都像是批量生产出来的，谈论的话题除了吃喝拉撒简直没有任何新意。这种生活让他喘不上气，他觉得自己进入了一个时间黑洞，别人都在往前过日子，而他永远留在同一天。

我说："那咱俩换，你干吗？"他说："我当然愿意啊，你今儿在这儿，明儿在那儿的，永远都抓不住你。放了假就去旅游，多没心没肺啊，想家了周末还能回家陪爸妈待两天。工作又轻松又有意思，天天看你这微信圈里的照片又是酒会又是慈善派对的，老外比中国人都多，还有义工活动什么的，这才叫生活啊。"

我想了想，决定还是不告诉他生活的真相吧。在北京频繁搬家，每次和我的全部家当一起被塞进一部陌生的面包车方向不明地穿过城市我都心慌。包里永远带着一把军刀，可工人管我多收钱我还是一点办法都没有，这说出来有什么意义呢？十几岁到异乡考试，下了飞机一个人都不认识，大半夜下着大雨打不到车，自己拖着几十公斤的大箱子走了两站路找住的地方；7 月南方酷暑，学校不肯提供宿舍，我头发一根一根往下滴汗，不知道自己是住蒸笼一样的阁楼还是烧钱住酒店。可这有什么好和他讲的呢？前两天出事儿的重庆大厦，我去香港的时候也在那儿提心吊胆地住过一晚，还不是为了省钱？那些有 dress code 的派对，我第一次参加的时候也窘迫得一晚上心跳加速，每次语法说错我都咬自己的舌头，我又怎么和他形容这种尴尬呢？这些照片上的光鲜，都不知道到底有多少心酸。可是因为都是自己选的，所以半点儿后悔都没有。我知道安定和冒险我只能选一个，不管对还是错，你都不能诉苦，这是游戏规则。

去年 10 月，他博士要毕业了，准备找工作。那会儿我在北京已经一年了，多多少少也有朋友给我提供内部招聘信息，我给他打过电话，问他是否感兴趣。很可惜，我无法提供和他专业完全对口的工作机会，但每一个工作我都保证充满吸引力。不出我所料，他最后也没有把简历发给我。他最后签了本地的一所研究院，待遇其实也还好，只是恐怕要默默熬些年头才有出路。所里的人也都有各种背景和关系，他的怕是太薄弱，吃苦和委屈也肯定少不了。

他念书的城市是我的家，我在那儿生活了 9 年，他已经住了 10 年，而且还会继续住下去。10 年，同一条街道，每年同一时节花开，对面的商场在同一个日子打出折扣广告，旁边的小学课间操的音乐从未改变。

他的每一篇日记我都会看，他说他想念前女友，他说工作没意思，他说后悔没出国，他说他活得想吐。有时我会给他传的千篇一律的照片批奏章一样挨个打个赞，他拍食物，拍上班的路，拍每一天的云，拍我们吃过饭的小餐厅，他拍下来所有循环重复的和波澜不惊的。

翻出字迹已经要褪色的德语笔记，我也会想起来 17 岁的夏天，每个周末去做 3 个小时的广播听写，用德语介绍京剧和烤鸭，下课一群人一起去吃味道特别的铁板茄子。班上发展出了两对情侣，一对孩子现在已经老大了，一对早就分手。有一次上完课我们一起拍了张照片，照片里我穿的牛仔裤甚至现在还在衣柜里，可当时前额的刘海早就已经剪掉。那天之后的4年里，我去了三十几个不同的城市旅行，买各种颜色的裙子，睡过无数个陌生的小旅馆，喝了几百瓶酒，拍了上万张照片，几乎每一张里我都试图笑得灿烂。

而他，依然高高瘦瘦，戴着黑框眼镜，穿格子衬衫。就像一棵树，想飞却已经生了根的树。

/

04

你像闪电来过

▲

在少女时代或者二十几岁的年纪里，你是否列过一个清单，写下心目中完美男人的样子？我的清单改了又改，可是有 3 条一直没变过：爱冒险、好玩儿、能赚钱。

我成长的环境里被崇尚的素质是听话、学习好、靠谱。可这些对我一点吸引力也没有，4 岁上学前班时我就知道拿满分的卷子跟同桌换好看的橡皮，7 岁的时候试图把家里的电话线扯出去当公用电话，14 岁读高一时我还没有身份证，求着妈妈带我办银行卡，这样可以开易趣网的账号，那是 2002 年，还很少有人听说过网购。如果是在崇尚创业精神的西方，我大概会成长为一个企业家，要么年纪轻轻开创一个商业帝国，要么赔得一败涂地滚回父母家的阁楼一直住到 30 岁。可惜在美好的祖国大地，我只能默默读书，把所有灵光一现的点子抛到脑后，什么想法都得等到考上大学再说。

很多年之后，我在浦东机场送一个老朋友去伦敦，他说他坐的是 Virgin Atlantic，我“扑哧”一声笑出来：“处女航空？真有这回事？”朋友不屑说：“人家叫维珍航空，创始人理查德·布兰森特别牛，你回去查查他的故事，绝对是你的菜。”我回去立刻维基百科了一下，果然惊为天人。这个男人创办了英国最大的私有企业，是 300 多家公司的老板。他 15 岁时就创办了自己的杂志，后来坐热气球飞了半个地球，性手枪、滚石乐队、珍妮特·杰克逊都是他唱片公司旗下歌手，他还全裸出演了本公司的广告，甚至亲自驾驶飞机进入炮火连天的巴格达成功解救人质，驾驶水陆两栖车穿越英吉利海峡打破世界纪录……

朋友真是了解我，这种敢坐热气球上天，敢到伊拉克地盘叫嚣，敢开着坦克到纽约时代广场宣传旗下唱片，有私人岛屿，沿英吉利海峡的沙滩裸跑，骑着白象到印度国会演讲的男人，真是太性感了！他不是个帅哥，所有照片上都是胡子拉碴，金发被风吹得凌乱，穿一条不起眼的牛仔裤。可他的魅力哪里是只演过几个电影的美男子或者只会弹几下吉他的忧郁帅哥比得了的，他的帅劲儿在于做的每一件轰轰烈烈的事儿，让人直呼痛快和过瘾。一个热爱冒险、打破规则、能带给你想都不敢想的精彩人生的男人，简直像磁石一样勾着女人的心。

在维珍航空还不存在的时候，有一次布兰森想去波多黎各，但所有航班都因故取消了。他租了一架小飞机，举了一块牌子写着："维珍航空首航，39 美元单程即可前往波多黎各！"在机场里晃悠一圈后，他的成本被满员的旅伴一起分担了，简直是天才！看《实习医生格蕾》的时候，我特别理解韩裔女医生杨为什么只和最棒的心外科大神们谈恋爱和上床。对于很多女人来说，爱是早晨 6 点钟的吻，是生日时对方送上的三克拉大钻戒，是无休无止的包容和宠爱。对我来说，爱一个人的先决条件是崇拜，我喜欢高高在上像神一样存在的男人们，我爱他们的高智商，爱他们像浪子一样燃情岁月的劲头，爱他们不听话犯错误然后耸耸肩跟你吐舌头求饶，爱他们教我一切新鲜的我不懂的东西，爱他们有本事告诉我，人生还有无限可能。

读本科的时候，学校里有个外教，每天把"企业家精神"挂在嘴边。那会儿我哪懂什么意思，觉得大集团老板都应该是比尔·盖茨那样戴着黑框眼镜，看起来谦虚、聪明、理智。后来自己在创业圈混了一阵子，终于明白这种精神来自哪儿，这是股不服输、渴望亲手做出改变、热爱新鲜的点子、敢于破坏、永远都不想停下来的热情。就像理查德·布兰森，他做这一切不过是为了好玩儿，创造和改变就是他的乐子。在其自传《失去贞操》里，他说：“我热爱生活，我爱我的家庭，我害怕死去。但另一方面，我内心有股力量，让我尝试新的冒险，想要挑战极限。我喜爱尽自己所能体验生活。”

他描写内克岛的黄昏：“太阳很快下山，在大约一个小时的时间里，白昼那明晃晃的阳光将变成幽暗的薄暮，在天边留下深橙色的绚烂色彩。几分钟后，天空就变成午夜那种天鹅绒般的深蓝色，第一簇星星出现了。我面前的大海变得墨黑，一切都安静下来。”内克岛，位于加勒比海域，英属维京群岛里的一座，布兰森在1978年买下了它。他把世界变成了《小王子》一样的童话，自己建立了一个小星球，做自己的王。

他的身体里淌着熊一样的血液，追逐着自己的冲动和自由，又带着对家人的浓浓的保护和爱。在布兰森又一次准备坐热气球上天前，他给一双儿女写了一封长信，说在过去46年的岁月里，最棒的时间是和家人一起相处的分分秒秒。他担心此次会一去不回，所以在信里温柔地一次次写下自己对他们的爱，告诉孩子们他有多为他们骄傲。

如果这是部电影，这时应该会放起《燃情岁月》里带着宿命感又苍凉的配乐，画面应该是西部金灿灿的带着秋日草原的温暖色调。狂放不羁的男人即将踏上征途，心中却充满了对俗世岁月和滚滚红尘的眷恋。我耳边也响起了那句经典台词：“即使在始终无人注目的暗夜中，你可曾动情地燃烧，像那颗不肯安歇的灵魂一样，为了答谢这一段短暂的岁月？”

我生活的这个时代，已经没有嬉皮士了。精英是被训练出来的千篇一律，他们一路读名校，一步都不肯走错，20 岁去美国读常春藤，25 岁进投行，30 岁回去读 MBA，33 岁开始做职业经理人。他们太完美了，可是不真实，没有趣。奥巴马在曼德拉的葬礼上自拍，险些被人骂死。普京和妻子离婚，立刻支持率下降大半。法国总统弗朗索瓦·奥朗德和女友的桃色新闻可以上各大媒体头条。政治变成娱乐，娱乐变得正经，实在无趣得很。我们都离初心太远太远了。

麦当娜在 1984 年唱：“像一个处子，第一次被触碰。”时间飞得那么快，我们都变成了成年人，都忘记了世界第一次在面前展开时内心的悸动，都忘记了少年时飞扬的美梦。即使心在远方，可身体一直停在格子间里，一步都不敢走出去。我们嘲笑堂吉诃德，可是也偷偷幻想自己策马扬鞭，锄强扶弱。我们都知道人生其实没有那么多条条框框，可还是幻想出一大堆规则和困难，给日复一日的碌碌无为找借口，不肯也不敢把梦想变成现实。但布兰森不是呀，他过的是我们都想要的生活。无论男人和女人，无非想要这几样东西：自由、爱和钱，他都有了，而且还不肯停止。

前两天我投资了一笔钱买比特币，查新闻时在福布斯中文网上又看到他的名字——“理查德·布兰森在11月22日宣布，他的商业航天公司维珍银河将接受客户用比特币支付太空旅行费用。”果然，他的冒险人生是永不停播的续集，呼吸不止，精彩不停。这样的男人，即使始终一头杂乱的披肩金色长发，一身简单的衬衫牛仔裤，虽不帅气，也永远性感。

/

05

岁月神偷

▲

2013年8月初的一个周末，我在三里屯“树旁边”酒吧听乐队演出，鼓手当天过生日，全场一起唱生日歌，让我想起来正好一周之前，在我生日结束的最后几分钟，我也是在这家酒吧里跟朋友喝酒聊天，外面下了一点小雨，日子无法更惬意。

我活在我一生的黄金时代，没有固定资产，也没有贷款，收支平衡，一人吃饱，全家不饿。

从24岁生日开始，我陷入到对年龄的恐慌之中。骄傲地说出年龄的好日子是一去不回了，好像总得带着点不好意思才能迎合大众一样。除此之外，我无比享受慢慢变老的感觉。工作了一整年，终于财政独立。自己能养活自己了，腰杆都挺得直一些。我想我这辈子都会一直工作下去，我太享受拿劳动换报酬的公平感觉，不再从家里拿钱，才敢肆意妄为地拿自个儿生活像做实验一样瞎过。我从来没有这样自由过。

24岁那一年发生了很多事，我抱着边吃爆米花边看电影的心态默默回放了一遍，有欢笑有遗憾有悲伤有后悔，愚蠢和幸运都不缺，当中是非对错我已经无所谓争辩，只希望自己能记住好时光，也记住痛苦的教训。以前我总想过一种“完美”的人生，我希望一路读喜欢的专业，一毕业能进入最适合自己的行业，然后跟年少时喜欢的穿白衬衫的男生拉着手满世界走，跑步遛狗，结婚生子，儿女承欢，直至古稀。

谁没做过这样的梦？遗憾的是这种人生不属于我，也不属于大多数人。

普通人的人生必然是充满错误，遇到诱惑，悔不当初，然后硬着头皮再走下去。因为就算所有人都告诉你，这是苦的，那个是辣的，要是你不拿筷子蘸一下尝尝，必然是不肯相信的。就算有智慧沿袭前人认可的价值观一路选最正确的方向走下去，也难免上天不玩你，给你制造点闹心的事儿，把你拽离当初的选择。更何况我们的力量如此渺小，又有多少事是情非得已，实属无奈呢。

20 出头的时候，常常羡慕别人，所有的句子恨不能都是虚拟语气，“要是……如果……就好了！”后来走近了看，发现所有人的生活都是千疮百孔，鸡毛蒜皮，一样尴尬。能拿出来给人看的，都是加了太多修饰的那一面，衣柜里的骷髅架子一定是锁在小暗格里的，哪会随便摆出来让人参观？

幸好，到了 25 岁这个年龄，我终于知道遗憾一点用都没有，嫉妒除了会让自己肝气冲胃荷尔蒙失调之外再无贡献，而时间浪费在悔过里简直就是犯罪。我终于不指望日子自己会好起来，不幻想某一天早晨我突然就拥有了一切。我终于变成了一个行动派。现实其实没有很差劲，反而觉得没有剧本、没有确定、没有方向的生活挺好的。走错了路，回来就是了。犯不上以死谢罪。自己跑偏了才知道别用道德绑架别人，慢慢地连忍耐度都宽了好几倍。

我有过那么多机会就此安定下来，买一个小房子还月供，一步一步踏踏实实工作，和一个品性纯良的年轻人慢慢相处到结婚，关心北京的幼儿园和学区房。可是等事情真的到了眼前我又发自内心地抗拒，我想我已经尝试过为了未来的安稳牺牲眼前的快乐，可我又换来了什么呢？时间终究是不可逆的，我又怎能知道 10 年之后的我到底是想要安稳还是像现在一样继续不着调，但我想只要每一天睡觉的时候我都觉得心安，每个早晨起床的时候都觉得充满期待，日子应该也不会太糟吧。妥协一次就会妥协一辈子，我受不了这个，也不打算拿忍受换一个别人眼里正常或稳妥的人生，我的喜怒悲欢，除了自己又有谁真的在乎呢？我来埋单就我来做主。

这个世界不是全都关于钱或者全都关于爱，当你真真正正接受自己本来的样子，清楚自己想要什么样的生活，你才会懂得如何做出取舍，明白灯火阑珊处到底哪个人适合你。日子也好，人也好，不会好端端地就在那儿等着你，剩下的事情就是努力追求你想要的生活，珍惜你身边的人，不留遗憾，也不怕失去。

/

06

一个愚蠢的喝酒游戏
教给我的

▲

在一个暴雨如注的闷热夏夜，我们在一个美国朋友家玩“我从来都没有”的游戏，大概意思就是一个人说一件他从来没做过的事，其他所有做过的人要喝酒。每次玩这样的游戏，我回家之后都要给自己一两个小时来自我反省，主题就像《了不起的盖茨比》的开头——在我年轻和更加脆弱的年代，我到底都在做什么？

游戏的最后我喝了一杯混着威士忌和燕京啤酒的恶心东西，然后在大雨滂沱中跟这群朋友打车奔向地安门的一个意大利酒吧，在混着雨滴、摇曳灯光和充满戏剧效果的干冰里跳了一会儿舞，觉得我的人生似乎从来没有如此纵情过。就算 6 个小时之后要穿得像修女一样穿过半座城去海淀开会，但明天的事还是让明天来操心吧。何况我有一个又好看又聪明又肯在七点半打我电话叫我起床的瑞典造闹钟，保证我不会睡过头，有什么好担心的呢？人生已经够苦够短，不如像酒吧老板在招牌上写的：及时行乐。

我猜今天之后再玩“我从来都没有”的游戏，我会输得更惨，然而在雨中一边喝着“四海为家”一边在屋顶跳舞，这样美妙的人生经历，谁又能拒绝呢？

我在半夜 2 点钟回到像刚刚被打劫过的家，把笔记本电脑、手机和衣服扔在已经堆满东西的泡沫地板上，然后用力把自己扔到柔软的大床上，开始思考人生。我马上就要 25 岁了，我到底拥有些什么？四分之一个世纪，听起来足够长，我们的前辈用不到三分之一的时间打败了日本人，而美国人用它足够实现两个登月计划。而我，除了消耗那么多粮食和父母的钱，我还做了什么？

我有 3 张刚还清的信用卡，3 个不同的学位证书，一份暂时能养活自己的工作，一个用了 8 年的邮箱账号，一张从宜家搬回来的大木床，一整衣柜不同颜色的长裙短裙……但是，我在乎这些吗？它们能代表我这个人吗？如果到了世界末日，我在逃跑的时候会带着什么走？

有段时间我一直在尝试极简主义，想要捐掉所有看过的书，扔掉不再穿的衣服，我害怕自己会淹没在这些没有意义的物质里，偏离我在乎的重心。于是我做了一个“末日背包”，里面装着所有我最珍视的东西，除了它之外所有一切通通可以扔掉，毫不心疼。但它，每次搬家时我都会紧紧抱在怀里，保证没有任何人能偷走。在这个有点不清醒的晚上，我打开了这个被我塞到衣柜深处的30L双肩包，把里面的东西通通倒在地板上。从掉出来的这些东西里我慢慢想起了我的过去。我看见一沓旅行时我寄给自己的明信片，上面写着诸如“2011年6月，我在乌镇一个叫步步莲花的酒吧喝酒，快醉了，但是好幸福”。我看见高中时的小男友在10年前给我的情书和送我的戒指，上面的钻石小到几乎看不见，但我依然记得把手放进他校服口袋里时无与伦比的满足。我看见一本本记录下过去很多很傻故事的日记，里面的字迹从稚拙变得工整然后又变得狂野。我看见跟朋友们的合影，我们看起来都很傻，但都笑得很开心。我看见那么多散落在盒子里的红酒瓶塞，它们提醒我有过多少笑到要抽筋的聚餐。我看见那些朋友从不同国家带回来的硬币，慈善酒会上我做主持人时写下的手卡，一大堆记录了我人生轨迹的机票、火车票和船票，甚至还有高中上课时偷偷传的小纸条。

然后我明白，我拥有的最棒的东西是这些回忆。我也许没有好几张可以放进保险箱里的房产证或是有很多零的存折或者每秒钟都在缩水的股票账户，但我并不贫穷。我所拥有的这一切会一直跟着我，不用担心通货膨胀，不用在乎在哪一个时区，也不会随残酷的时间而消失。一个叫马良的作家在他的作品《自白书》里写："我的身体里住过我一生至今每个冬天的雪，住过大海，住过这世间所有流浪的爱人。"他说得太好了，我不需要用任何词语去解释或描述。就是这个样子。

我知道我以后只会越来越贪婪，对一切更加充满控制欲。但是在我还年轻和脆弱的时候，我宁愿用这些非常傻，但是错过就不会回来的经历填满每年的日历本。我们都是小人物，也许一辈子都做不了一件改变世界的大事，但好在就算是没有意义的一天，也可以让它有意思。这就是我廉价但实在的快乐。

这个北京浮躁的夏天跟过去无数个夏天一样，没声息地来，不经意地走。城市才不在乎你是孤独终老还是夜夜笙歌，说到底这些人的故事除了活在我们的脑海里之外，对世界毫无意义。每一天太阳照常升起，每一天雨打花落，我们都在人世间孤独地走着，对世界一无所知。就像《再见南国，再见》里面写的，人生不过是端着碗、蹲在地上吃饭，或是驾着车在无限漫长的路上无方向奔波。

/

07

我为什么去跑马拉松

▲

2012 年 11 月末一个空气污染指数爆表的寒冷冬天，我和其他 3 万多人一起跑了北京马拉松。我并不想成为一台空气净化器，只是那段时间过得实在太糟糕了，我需要找个情绪的出口。

我的目标是 10 公里，可惜北京赛区取消了 10 公里的赛程。鉴于迷你跑和半程是一个价，我就报了半程。作为资深懒惰症患者，我一直拖着没训练，比赛当天早晨匆忙翻出在香格里拉买的毛线帽、高中时买的旧跑鞋，带着点宿醉未醒的头疼和重在参与的心情就打车去了天安门。

前 5 公里一点感觉都没有，一大堆人熙熙攘攘的，群体兴奋弥漫着整条长安街，简直就是集体狂欢。

5 公里到 10 公里也很轻松，路边的小孩带着看动物的表情开心地对我大喊："姐姐加油！"

10 公里到 15 公里跑跑停停，因为已经超出了自己的预期，觉得很爽，每见到一个里程牌子就开心地拍照。

跑到 16 公里时开始累，又舍不得放弃，于是硬撑下去。后面的 5 公里简直太难熬了，我跑了差不多 40 分钟。首先是怕，我不知道自己的身体极限在哪儿，我会不会伤害到自己。其次是饿，我几次跑到人行道上厚着脸皮向给专业运动员提供食物的赞助商们要巧克力和功能饮料，到最后时手里还攥着小半块士力架没舍得吃，那是精神食粮啊。然后是冷，每次停下来寒风都能吹透衣服，把皮肤表面好不容易聚集起来的热量全都带走。到后来完全就是身体的机械运动，脑子里就只有一句话不停循环："我不能停，我不能停。"

到最后我跑完了半程，21 公里，觉得自己不只是个女汉子，简直是个女超人。

马拉松对大部分人来说并不是竞技比赛，完全不在于你是第几名，你跑了多远，根本完完全全就是一个人和自己的抗争。在 11 月之前，我跑得最远的一次是 6 月的耐克"一起精彩，女子 5

公里跑”，再之前是大学时 20 分钟跑完 4 公里的训练，再之前是高中运动会 1500 米比赛……一次次跑得更远，才知道自己的极限远远不止想象的那么容易达到。

几个月之后我和一个沃顿商学院毕业的华裔聊到企业家精神，他突然问我：“你有没有做过什么你认为是不可能的事？”我想了想说：“有，几个月前我跑完了半程马拉松。”他笑笑对我说：“你是个幸运的姑娘。”

后来我明白他为什么说我“幸运”，不是强壮，不是健康，是幸运。一旦你做过一些你以为自己永远不可能做到的事，所有的自信心都会跑回来，所有的勇气都充满到身体里，一瞬间觉得自己除了不能飞，什么都可以。你需要这样一些荣耀的时刻给自己打气，让自己相信，还能把极限推得更远一些。

以前每次在我爬山累了想歇的时候，在我骑车骑到半程想放弃的时候，男友都会转过来对我大喊：“加油！你一定能行！不要现在放弃再回家后悔！”我庆幸自己从没有放弃过，我总是能坚持到终点。因为我知道在我拖着半残的身体回家时，当肌肉酸痛过去的时候，我会比以前更强壮。

柏瑞尔·马卡姆在《夜航西飞》里写：“当你与他人闲坐交谈时，你是孤独的——其他人也是如此。无论你在哪里，只要夜晚降临，火苗随着来去自如的风势自由燃烧，你就是孤独的。你说的话，除了自己又有谁在听？你想的事，对他人又有何意义？世界在那边，而你在此处——这是仅存的两极，也是唯一的现实。”

人生就像一场跑不到头的马拉松，谁都无法替你痛、替你欢笑、替你跑过一个个转弯。会有人给你加油，有人给你递水，甚至幸运的话会有人相伴一起前行，但一步一步，终究是自己的双脚落在大地上。有时候我们需要听到欢呼，有时候你只想和自己独处一会儿，只想听心脏跳动的频率和一呼一吸的声音。然后觉得庆幸，这段路是自己走过来的，这简直就是一场了不起的胜利。

我总觉得成长就跟小时候玩红白机上的超级玛丽一样，一个小人儿孤独地向前奔跑，一点点吃金币攒命，吃蘑菇长大，吃花学会扔子弹打怪兽，运气好时吃颗星星还能暂时进入无敌状态，可一不小心碰到小乌龟会被打回原形，好不容易弄死恶龙却总被告知公主在另一个城堡里。刚开始玩只能勉强打完前几关，玩多了就一点点能走得更远，直到第一次打通关，再回头看哪个关卡都简单幼稚得要命。其实我们打败的哪里是吐着火球的恶龙，本来就是上次死在前一关的自己。一次次重复奔跑，一次次比上次跑得更远，小玛丽总能在最后救出公主。

我不是一个自信的人，我需要一个个小胜利、一个个不可能，给自己勇气在早晨从床上爬起来，去迎接门外的滚滚红尘，去迎接别人的质疑、自己的惶恐。在我怯弱的时候，犹豫的时候，患得患失的时候，自我否定的时候，我会想起来红白机里拼命奔跑的小玛丽，想起马拉松最后的3公里，我顶着冷风一步一步跑过的3公里，我知道如果那时候我能坚持下来，现在一定也可以。

但愿你们都比我聪明，不用去花3个小时呼吸空气里的悬浮颗粒，也能从自己的身体里找到勇气，找到答案，找到神奇的力量。

/

08

故事从未发生

▲

去年夏天的尾巴上，我在老书虫二楼的天台上见到了陈冠中。他的书里我最喜欢这两本：《我们这一代香港人》和《一切都没有发生》。后面那本书里，主人公张得志——“做专业的事，赚钱，住五星酒店，享受这个世界所能提供的最好美食、红酒、女人，一切钱能买到的东西。收藏 6 只镶钻黄金表和 700 瓶最昂贵的红酒。他是国际资本的港籍雇佣兵。为谁？无所谓。在这个世界上，他只爱自己。”台北的某一个晚上，张得志身中两枪倒在血泊里，死前他放不下两个念头，他为未谋面的儿子准备了 20 万美金的教育基金，和他存在英国的金表和红酒。这一辈子张得志就想做一个“完全没有牵挂”的人，可死之前，他要命地惦记着自己没完成的计划，它们永远都不会发生了。

有那么一段时间，我过着两种不同的人生。别人看到的那个人生里，我是一个体贴的朋友，是一个省心的女儿，是一个努力的年轻人，是一个笑起来没有节制的姑娘，这些是我的社会角色。别人看不到的另一面，我意志消沉又悲观，不清楚未来的方向，每天都和自己作战，强迫自己喝牛奶、定期见理疗师、睡前跑步、看心理书籍自我治疗，这是我内心黑暗的天鹅。时间长了，两个现实混在一起，说不清楚哪个是真的我。人前的笑颜是真的，人后的沮丧和抑郁也是真的。好像有一个开关，让我白天吃白片，笑得明亮；晚上吃黑片，哭到抽筋。那段时间里，我频繁出现在各种派对和聚会上，我勤奋地写字，试图温暖看我东西的读者，我积极地筹划旅行和进行其他有意思的生活计划。可是我不开心，所做的一切只是在自救。一天一天过去，我觉得自己像是一架绳子快烂掉的秋千，不停地晃悠着，可不知道哪一秒就会摔下来。

我经常呆坐在地毯上出神，一坐就是几个小时，好像变成了卡夫卡笔下的大甲虫，不知道如何面对自己和世界。我开始习惯在洗澡时关着灯，周围的黑暗和热水的温度能让我全身都苏醒和放松，洗发水的泡沫混杂着眼泪一起淌走。经常失眠，豆瓣的和声频道，加罐头笑声的肥皂剧，拿阿拉伯语讲的公开课，什么都无法让我入睡。我变成了一只猫头鹰，兢兢业业地记录午夜时间的流淌。午夜12点，充满电的移动电源开始绽放蓝光，床好像变得很大，我小小地蜷在一个角，把空出来的部分用抱枕填满；1点，楼下的小婴儿饿醒了大哭，疲惫的母亲起来给她喂奶；2点，浴室水龙头没有拧紧，水一滴一滴打在瓷砖上，声音在空旷的夜里被无限放大；3点，打开Kindle再看一段书，把闹钟往后调20分钟，安慰自己没关系，睡4个小时第二天也不会太没有精神；4点，还是醒着，打开门和窗户透透气，胡同里路灯昏黄，巷子口的早餐店亮着灯，那对勤快的小夫妻已经起来煮豆浆准备做生意了；5点，天蒙蒙亮，睡意终于袭来，浅浅睡过去；6点，醒过来一次，看时间还早；7点，天已经透亮，拉开窗帘，洗个澡，戴上口罩，遮住憔悴的面容，戴上眼镜，遮住大大的黑眼圈，鼓起勇气走出去，试图把所有的沮丧都关在家里。

也许是血清素浓度太低，一切的负面情绪都被放大，一点点压力就让我焦躁不安，工作时要跑到洗手间哭一场才能平静下来。感谢忠诚的框架眼镜，帮我掩饰了哭红的眼圈，让我不至于在人前崩溃掉。我从来没有意识到这个社会对心理疾病是这样充满恶意，手臂受伤的时候我还可以正大光明地走出去，大家看到我缠着绷带像木乃伊的样子都跑过来安慰，可心里有病的时候我都不知道该怎么述说，能做的只是把自己藏得深一点再深一点。每次老朋友见面时随口问的一句“你最近怎样”，都能让我心里泪流成河。一次聚会时我低头说，最近过得很压抑，日子好难熬。可听的人都没有太往心里去，只是告诉我一切都会好的。我坐在人群里，感觉彻骨的孤独，空气像被冻住了，我无法呼吸，喘不上气。

后来不记得从哪一天起，我的各项感官变得麻木，不觉得冷，不知道饿，不感觉疼。困倦，思维变慢，没有逻辑。10 年前我能背下来圆周率的前一百位，能大段大段背诵《麦克白》，但那段日子我记不得两小时前发生的事，所有重要的安排都必须要写到手机里并设置好提醒。我的大脑好像回到了 286 处理器的时代，不集中精力就会卡壳，剩一个小小的沙漏图标，在屏幕上不停倒转。我无法给自己提太高的要求，我跟自己说，每天只做完 3 件必须做的事情就好了，不要强求，屋子乱点没关系，情绪不高没关系，除了哭不想做别的也没关系，让大脑慢慢康复，我要照顾好自己，怎么都不能垮下去。

可是我像一株没了水分的植物，浑身一点生命力都没有，只有一副被焦虑、紧张、恐惧和负罪感堆砌起来的壳。我花了很多时间想人生的意义、存在的意义，越想越觉得无望。人生的无常让我徒增惊慌。每天晚上骑过二环的朝阳门桥，我都觉得会凭空蹿出来一辆车把我顶下桥，连人带车摔个肝肠寸断。这想象是如此真实，以至于每次平安经过后我的后背都会隐隐冒汗，心狂跳到要蹦出来。回到家里打开电台，空空的屋子反反复复是我的心跳声和鲍勃·迪伦充满沧桑和抗争的声音：

“这感觉怎么样？

孤身一人

找不到回家的方向

没人认得你

像一块滚石……”

我不记得这样的日子持续了多久，中间很多记忆是断开的，我悲伤，我难过，我走不动路，我睡不着觉，我想救自己，我想浮上来，我哭，我笑……也许是大脑的自我保护机制，也许只是自我催眠。我知道这种感觉就像感冒，也许不吃药就能好，也许过一段时间又会重新袭来。我还是幸运的，理智一直都在，一遍遍提醒我要拥抱人群，要敢于受伤，要学会从过去脱身。忘性大也是好事，慢慢地，我好像就忘记了自己很抑郁；慢慢地，我又开始一点点忙碌起来做些事情；慢慢地，我又能和朋友们正常喝酒聊天；慢慢地，那段日子也就熬过去了。

可我同样清晰地记得很多细节，这段经历让我变得格外敏锐，也永远地改变了我看世界的视角。以前我以为抑郁的人是懦弱的、脆弱的，内心强大的人一辈子都不会受到抑郁和孤独的困扰。可事实并非如此，有时候孤独就像是冬天打在你身上的巨大雪球，你就这样被击中了，没什么原因，也没什么办法，除了奋力把雪甩掉或者等太阳出来把雪晒干，没有别的办法。

诺贝尔物理学奖得主理查德·费曼提出过一个反物质猜想，他认为从宇宙大爆炸的那一刻起，整个宇宙本来就只有一个电子。我读过李淳写的《远比你孤独》，里面提到了这个猜想，他说："全宇宙的庞大的空间、数不尽的星体和物质，其实都是这一个电子在不同时空的分身而已。它从大爆炸开始，在时间轴上正向前进，直到宇宙的末日，又掉头回去，变成正电子，在时间里逆行，逆行到了宇宙诞生之初。就这样永世无休止地循环下去，这个电子出现在了时间轴上的每一个点，出现在了宇宙的每一个角落，在三维世界的我们看来，空间里布满了数不尽的电子，构成了世间万物。曼哈顿川流不息的人潮，塔克拉玛干寂如死水的无人区，兰桂坊莺歌燕舞的不夜城，海底两万里那只无尽孤独的蛇颈龙，万事万物都一样，都只不过是同一个电子正行逆行了无数次的分身而已。整个宇宙就这么一个电子，孤零零地从天地混沌走到宇宙毁灭，再倒回去重来，周而复始。"

这段话救了我。我的痛苦来源于太多执念，我赋予了人生和未来太多意义，我无法和现实握手言欢，我的生活里需要无数的改变才能觉得心安。可是想一想，人类是多么愚蠢的动物呀，所有的概念：阶级、政治、成就、公平，甚至自由，都是自己给自己添的负担，不知道我们要修炼多久才能变回这颗粒子，忍受宇宙洪荒和万物变迁，无怨无悔地往返运动下去。我们的出生是个随机事件，遇见的人是个随机事件，所走的路也是无数个随机组成的现实。除了死亡，实在没有什么是注定的。

生活的巨大的暗涌下，不是故事没有发生，只是什么都没有留下。人生哪有什么悬念，有的只是这些琐琐碎碎的细枝末节，和走向死亡漫长的路。总有一天我们会不再年轻，回过头看过去的脚印，才能明白用来衡量生命的永远不是长度，而是深度和广度。想做的事，经历过了，也就无悲亦无悔，想要的东西，追求过了，终能无喜亦无惧。想到我们终将死去，这实则给了我巨大的勇气。“当人生只剩下今天的时候，活着的任务便只剩下极致的享受，把每一个瞬间用尽。”我知道在我死去的时候，不会担心存在英国的金表和红酒，不会因为有了牵挂而放不下。就算一切都会终止，我活过的那些岁月也已经长得像很多人的一辈子，我有很多故事可以讲给别人听，没什么好抱怨了。而这些故事和中间的纠葛，懂得的就值得。

/

09

他们跳进肮脏的巴塞克河

▲

2014 年的北京没有春天。在第一个气温达到 30 摄氏度的星期五，我辞了工作。走出公司大门，空气暧昧，视野里一片浑浊不清。我大口喘气，吸进一嘴沙子。后来陆续去了四五个政府和民间部门才把手续都办清楚，档案放在人才市场，党组织关系放在了街道，于是一大早就有中年妇女干部给我打电话："你还上班吗？能参加组织活动吗？"我一脸为难，情真意切地说："组织，我特别想，实在心有余力不足呀。"挂了电话，接着酣睡到 11 点。

从记事起，我从来没有过过这样自由的生活，我再也不属于哪个集体了，这感觉好得不踏实。在人才市场排队等着叫号时，还颇为纠结了一番，要不要给自己上个社保？一想一个月要交700多块钱，一年8000多够我去玩两趟东南亚了，决定还是买份便宜的商业保险，靠意志力挺过即将到来的感冒发烧头疼脑热。以后的日子都要靠自己操持，一切安全网都不存在了，这种重大的责任感让我生出一份悲壮的自豪。

李静睿在《一个正常人为何沦为刽子手》里提到，德国于1945年5月8日战败投降，前纳粹高官阿道夫·艾希曼茫然地说："我现在，从此没人会领导我，我得单枪匹马过日子，再也没有人会向我下指令，再也收不到命令或指示，没有任何条例可依循——换句话说，我从来没有这样活过。"抛去所有政治立场和历史背景，我和刽子手艾希曼感觉是一模一样的。过去25年，我从未有任何机会脱离集体，以个人的身份生活和作决定，以至于我快要忘记自己还有自由意志。

1982年国家开始推行独生子女政策，6年后我出生。曾经有一个时期，我是为独生子女的身份骄傲的。我们大概是国家第一批独生子女，班上的同学大多都跟我一样，只有少数从县、镇、农村来的孩子家里还有两三个兄弟姐妹。每次英语课老师教对话："Do you have any siblings?"(你有兄弟姐妹吗？)我都响亮地回复："No!"14岁之前，我妈每年都给我60块钱，说是国家发的独生子女奖励。于是十一二岁的时候，我光荣地拿着国家发给我的钱，享受着一个虚假的光环。政治课上，老师一遍一遍让我们背下来："对外开放和计划生育是我国两项基本国策。"我拿荧光笔把这句话画下来，心里有种政治上正确的自豪和妥帖。第一次感觉我的生活里缺点什么是 19 岁那年夏天，我的小舅妈在我生日当天生下了一个 6 斤重的女婴，我第一次体会到做姐姐的快乐。我能几小时不动地看着她，给她换纸尿裤，给她读《芒果街上的小屋》，恨不得走到哪儿就把她招摇的小婴儿车推到哪儿，她是我生命中的碧绿。直到现在每每看到朋友家里摆着的兄弟姐妹打闹的照片，我都发自肺腑地艳羡。这也让我第一次认真反思，之前那些年坚信的理念是否真的都能坚实地踩在大地上？小到晚饭吃大白菜还是小白菜，大到结婚生子，有多少人生选择和决定是发自内心的，又有多少不过是随波逐流？

1999 年秋天，父母把我送进寄宿学校读初中。在那儿的 3 年我和我的同学们像机器人一样训练有素，每天过着一模一样的生活。早晨六点半起来跑步，顶着睡意和睡得乱七八糟的头发围着操场一圈一圈跑，然后回宿舍刷牙洗脸，排队吃早饭，周一、周四早餐是牛奶和面包，其他三天是白粥和小笼包。饭后回教学楼上课，做课间操，下课，排队吃中饭，吃饭时不准说话，回宿舍强制午睡，睡觉时不准说话，一小时后回教室接着上课，下课，排队吃晚饭，回教室上晚自习，下晚自习，去热水房灌一壶热水，洗脸刷牙，十点半关灯睡觉，关灯后不准说话。每天如此，没有例外。一千个学生在做课间操时，看上去像是一千个复制出来的面孔。可这 3 年里我学会了逃课和说脏话，学会了翻墙出校和混进网吧看台湾言情电视剧，每天都在一模一样的日程里学会新的生存技能。我的同学们更厉害，早恋，分手，打架，抽烟，好像越是被压制的环境里，我们反抗的意志力就越坚韧。多年过去之后再回忆，我在十一二岁的年龄里，就已经经历了一个精彩和完整的青春期。2002 年夏天，我以全校第一的成绩考上了全省最好的高中，于是所有在初中里逃过的课都可以忽略不计，没有人记得我骂过的那些脏话，所有人都说我是个完美学生。那个夏天我又一次和妈妈去了北京，早起在天安门看升旗，我突然胃里翻江倒海，在国歌的雄壮节奏里豪迈地吐了两分半钟。

2005 年我又一次面临人生选择，大学读什么，到哪个城市读。我毅然决然地盲目决定读医学，幻想出来的治病救人成就感让我感觉人生好像有了个叫梦想的东西。交志愿表的下午我在炎热的教室里涂卡涂得满手都是汗，从提前批到普通本科，每一个志愿都涂得严严实实，虽然知道我大概不会去大连读一个水产专业，可还是认真无比地把每一个数字都涂得完美。结果 3 个月之后，我阴差阳错地去读了英语。谁说人生不是一个巨大的黑色幽默？

思前想后有什么用，到最后不过是一个随机的意外。

2008 年，大三。突然间所有人都在考托福雅思，剩下的人在考研和工作间反复挣扎，一半时间泡在图书馆翻一本永远也看不完的书，另一半时间穿着便宜又蹩脚的职业装奔波在各种招聘会之间。我完全没有真正思考过为什么要读研，其实就算花时间去想也想不明白，那会儿我根本不知道什么叫独立思考。在图书馆租了一个学习间，每天早晨拿着政治复习材料用力背，其实完全不知道自己在做什么。一个月后我不抱希望地去面试浙大免试推荐研究生，考官问我为什么要读语言学，我看着窗外黄昏美丽的天色，说我要做一个语言学家，说话的时候我的眼睛里好像也闪着光。可拿到录取通知书的时候，心里突然有个声音暗暗说：明明是想去德国读社会学的呀，学了两年德语，怎么轻易就放弃了呢？

在浙大美丽的校园里混吃混喝混到了快毕业，我才后知后觉地发现下一步还没有着落。2011 年的初秋，我匆忙奔到北京，实习，面试，签约，每一天日程都排得满满的，急躁地只想找到一份薪水不错的工作安定下来。我从来没有想过，也不敢想，到底自己这一辈子想做什么。

直到两年后交上辞职信的那天，我终于为自己做出了一个决定。我不想再做人群里毫无辨识力的一张面孔，我不想只做巨大统计数据里的一个小小贡献者，我不想被人潮拥着一步一步往前走到一个对我毫无意义的终点。我要写我的故事，过我的人生，做脱离集体的选择。

辞职后的第一周我在惴惴不安中度过，就像海德格尔说的："人不自由时感到不满，自由时感到恐慌。"第一个不用工作的星期一，我六点半照常醒来，冲了个冷水澡，吃完早餐，然后发现自己无处可去。大把大把时间供我安排，我反而不知所措。有集体的好处是不用对自己负责任，到时间就上班，到时间就吃饭，到时间就坐上回家的地铁，不用思前想后把每一种可能性都权衡一遍，也不用一次次叩问自己，到底想用有限的时间做些什么。而当我适应了无组织的生活状态，过滤掉来自外界的压力和发难，我终于能享受这份代价甚大的自由。一年前我在微博里写："好希望有一年能什么也不做，租一个有落地窗的朝南房间，一早坐在被晒得暖暖的地板上看书，厨房里熬着我爱喝的莲藕猪骨汤，下午披上大衣出去散散步，在公园木椅上坐会儿，晚上听着帕格尼尼写点东西就睡觉。不用跟人说话，也没有正经事儿做，这就是我人生的大理想。"没想到幸福来得如此突然，我就这样简单粗暴地实现了我的理想。这一切和失业无关，我一直追求的无非是内心的自由。我知道我会马上回去工作赚钱养活自己，也知道下一次我会真真正正地听从自己的心。我花了那么多年把自己变成跟别人差不多的样子，又用了更久的时间把自己找回来。在把自己扔出舒适区之后，我才发觉自己需要的根本不是一条后路，而是应对各种突发状况的冷静、智慧和能力，而这些是无法从舒服的生活里得到的。我做了选择，也愿意开心地拥抱所有未知的后果。

《嚎叫》里我最喜欢的一段是艾伦·金斯堡像子弹爆发般地写下："他们纵身跳下布鲁克林大桥确有其事，然后悄悄走开遁入雾蒙蒙的窄巷和车水马龙，忘在唐人街的精神恍惚里，甚至顾不上一杯免费的啤酒；他们在窗台上绝望地唱歌，翻过地铁窗口，跳进肮脏的巴塞克河，扑向黑人，沿街号哭，在破碎的酒杯上赤脚舞蹈，摔碎 20 世纪 30 年代欧洲怀乡的德国爵士乐唱片，喝光了威士忌呻吟着吐入血污的厕所；小声地叹息而震耳欲聋的汽笛忽然响起，他们沿往日的大道风驰电掣前往彼此的破车；他们一连 72 小时驱车不停越过田野，看看是你是我还是他发现了美景，他们要寻找永恒；他们旅行到丹佛，他们死在丹佛，他们回到丹佛徒劳地等待，他们守望着丹佛沉思和孤单在丹佛，最后离去寻找时光，如今丹佛却因为失去了自己的英雄而孤单寂寞。"

我不知道我和我的同伴里有多少人能在这一生旅行到丹佛，死在丹佛，或者 72 小时驱车不停越过田野。萨特说："人被迫自由。"海德格尔解释得更露骨："我们常常以'别人都这么做'

这样的想法逃避自由。”大部分人都欠了运气和勇气，或者被漫长的集体生活训练出听天由命的惯性，于是只能绕着组织划出的小圈子一天天打转。我并不鼓励学习“垮掉的一代”，也不要做嬉皮士；可连嚎叫都没有试过的人生，真的值得过吗？生命是需要奇迹去滋养的，即使太阳沉入大海，即使路遥马亡，一辈子也不过是数十年的事，我宁愿选这一条孤独又没有回程的路。我知道在路上的某一个地方我会看到珍珠在远处绽放光亮，也会看到所有的星辰展露笑颜。知道自己无法忍受无所事事地过一生，这已经给了我全部力量。实在孤单的时候我就大声唱歌，等待蓝色火花在我心中爆裂，等待一辆车载着我沿这条大道风驰电掣驶向丹佛。

/

10

像候鸟飞过大地

▲

2014 年 3 月的最后一个夜晚，我从梦里惊醒，大口呼吸，起来喝了杯冰水，终于久违地清醒了。窗外已经是春天，尽管大把的春意还隐藏在夜幕之下。

我不记得这一年春天是如何来到这城市的，有一个周五加班到深夜走出大楼，暖暖的微风吹在脸上，比羽毛还温柔。我惊讶极了，连续的雾霾天气让我把暴露在户外的时间缩到不能再短，躲避空气中有害颗粒的同时竟然连季节变换也一并错过了。

这一个月我难得地远离人群，花了很多时间和自己相处。或者说，试图跟自己讲和。慢慢地，我发现，我耐不住孤独是有原因的，我内心的世界太小了，反省不了几个小时就开始重复，画圈一样绕着几个孤零零的念头打转。我又太容易被外界打动，完全是“不以物喜，不以己悲”的反面。从 2013 年 10 月起我开始写感恩日记，记录下生活里小小的惊喜，美好的天气和不经意间的快乐。讲几个让我想起来就会笑的片段吧。

/ 1 /

2014 年 3 月 27 日，空气污染指数超过 500，犹豫了一下还是决定去听一场讲座。讲座地点在雍和宫附近的诺基亚孵化器项目大楼，走进大楼时我唏嘘不已，昔日风光的科技巨头，现在半座楼都荒废掉，不知是要重新装修还是已经换了主人，夕阳映照到大大的玻璃窗上，横七竖八的建筑材料也被涂上一层温柔的光。

讲座是简里里讲她在德雷伯英雄学院的经历，这所学校是硅谷有名的投资人提姆·德雷伯创办的，目的是挑选出最棒的创业年轻人，把他们变成改变社会的英雄。我一直喜欢这所学校的性格，天真，不媚俗，没有规矩。简里里不紧不慢地把那么有意思的故事娓娓道来，缓缓的声音自有力量。这世界有天才，可天才也会跌倒，就连被德雷伯选为改变世界的英雄，其实心里也一样会有彷徨和恐惧。但就算拿了一把烂牌也不妨玩下去，坚持坐在牌桌上才有翻盘的机会。讲座结尾处一张幻灯片上就只写了一句话：“我会失败再失败，直到我成功为止。”我瞬间被这句话打动，心里一片敞亮。

约翰·肯尼迪的登月演讲里有句特别出名的话：“我们选择登月，我们决定在这个十年间登月，并且做其他的事情，并不是因为它们轻而易举，而是因为它们困难重重。”而在1969年之前，苏联不知道往太空里送了多少只小狗和猴子做实验，才有了后人的月球漫步。试验就是这样，一个点子失败，做个尸检，看看哪里出了问题。然后再试一次，再失败，直到成功为止。最大的快乐也在这一次次的期待里，最后的成功反而有点落幕的伤感。

/ 2 /

我有一个朋友，台湾出生，在美国长大，永远是笑眯眯的样子。几年前他从加州到北京创业，和弟弟一起开了家私房餐饮公司。我在北京无数闪着金光的记忆都和他们做的美好食物有关，无数张照片里我都在吃，吃，吃。2013年美国独立日，我们一起开完会往家走，我给他个拥抱，祝他们国庆节快乐。那段日子我忙得要命，人都瘦成一道闪电。第二天他跟我说他给我唱了首歌，还把链接发过来给我看。视频里他拿着一个小猪玩偶和一个史努比尖着嗓子唱《狮子王》的主题曲《今夜爱无限》。片头他说，这首歌送给一个特别的朋友，我们都叫她小超女，她创造了很多神奇。整首歌被他唱得惨不忍睹，可是我哭了很多次。过了半年我又找出来这个视频，再次被感动，尤其是最后那句歌词：“不管是贵为国王还是贱为浪子，这份爱已足够让你珍存最美好的向往。”半年前我觉得自己拥有世界、朋友、梦想、前途，半年后太多都已凋零，我被生活困住，裹足不前。但我一直相信自己可以拥有最美好的爱和支持，我也会坚定地走下去，即使我已经没有了王国，只是个流浪的姑娘。

/ 3 /

风沙特别大的一个中午，我犹豫着要不要出门吃饭。坐在屋里一天也消耗不了多少热量，吃饭都是浪费粮食。手机震了一下，一条微信语音进来，竟然来自一个多年的老朋友。他说他在开着豆瓣电台工作，结果偶然听到了张悬的《宝贝》，于是就给我唱了一段。

这首歌曾经是我们的歌呀，他在道歉的视频里哭着唱过，哄我开心时唱过，那年 4 月的维港我们一起拉着手散步时，他也在我耳边唱过。

“我的宝贝宝贝，给你一点甜甜，让你今夜都好眠。我的小鬼小鬼，逗逗你的眉眼，让你喜欢这世界。哇啦啦啦啦我的宝贝，倦的时候有个人陪。哎呀呀呀呀我的宝贝，要你知道你最美……”

我们已经不是彼此的宝贝，可还是朋友。我觉得好幸福，出去自己点了一桌子菜，吃撑。

/ 4 /

生病了浑身没劲，跑去五道口朋友家休养。我们把电脑接上投影仪，画面打到天花板，仰着头在地板上躺得四仰八叉看《钢之炼金术师》。开了两瓶 breezer，喝得我们直打嗝。又点了 23 英寸的超大比萨，乌巢工作人员记得我要求把橄榄换成菠萝，让我心情大好，吃得满脸都是番茄酱。

朋友眼睛不离屏幕地说，这是我在这间屋子看到的第二棒的画面。最美的是你。

/ 5 /

辞职第三天，无比迷茫。曾经向往的未来现在变成了一只猛虎，我闭上眼睛它就向我扑来。反反复复担心自己是不是就这样毁了我的生活。

晚上去摩西屋听中美商会主席演讲，他坐在沙发上给我们讲二十几年前来天津做生意的故事。那会儿他才 20 出头，负责跨国公司的大项目，文化不了解，语言不通，各项法规更是一头雾水，可拼了命也这样做成了。他说，我从来不会回望过去，因为没有意义。我不会在无法改变的事情上花时间去担忧，我只会向前看，尽力去做我有能力改变的事。我们永远都应该跟着自己的热情去走，不要瞻前顾后，担心对错。把梦想设得高一点，总有一天你会惊讶地发现，自己做出了多么了不起的事。

演讲结束我走上去跟他握手作自我介绍，逼着他听我滔滔不绝地讲梦想和计划。他耐心地听了，看着我的眼睛告诉我，只要不丢掉你的热情，你一定会成功。然后伸出手，再次用力地和我握了一下。

我宁愿相信他说的是对的，也惊讶自己在说到梦想时，眼睛里依然有光芒。我突然也不再焦虑了，时间没有让我变老，我只是比 3 年前更勇敢，也更知道自己想要什么，北京对我真的不薄。

眼前这堆烂摊子，失业，搬家，重新建立生活，是多少人渴求又没有勇气去做的。我做了，这就让我了不起。下一步的计划也一定会有的，多简单，跟着心走就行了。所有问题的正确答案都在我心里，我只是需要很认真很诚实地听自己的心。每每在生命的转折处，我都是这样热烈地盼望着奇迹的出现，这一次也一定会有荡气回肠的故事。人们说，最幸福的女人和最快乐的国家一样，都没有历史。那么从今天起，我把过去都删干净，我只有明天。

我来北京两年半，现在犹豫着要不要离开，脏脏的空气让我日复一日地咳嗽。可我知道不管飞过大地，穿过海洋，北京都会呼唤我，让我忍不住回望。我的朋友在这里，我的爱在这里。就算是这样难熬的一个 3 月，他们都有办法让我在入睡时脸上带着笑。也许生活不在别处，也许我明天就会回到这城市。无论身在旷野还是山丘，我会一直想念你。

卡佛的《把你的脚放在我鞋里试试》的最后一句话是："雪花扑打在挡风玻璃上，他默不作声地看着前方的路，他正处在一个故事的结尾处。"我走在春天的金桐西路，世贸天阶大屏幕透过薄雾闪着梦幻的光，而我的故事才刚刚开始。

PART

/

03

城市欲望地图

城市不是谁的宏大叙事，
它是我的柴米油盐。

/

/

01

起风了

▲

没有什么比一个城市的清晨更让我沉醉，五六点钟，太阳将出未出，夜将退未退，薄雾慢慢散去，人还贪恋绮梦。

我有一双轻便的跑鞋，我带着它去了很多城市。它薄得像皮肤一样，让我感觉到柏油马路滚烫的温度，或者冬天一个陌生城市雪的细腻颗粒。不管旅途有多劳顿，我总会挑一个早晨早早起来，穿着在迪卡侬买的 39 块钱一件的白色棉质 T 恤去跑步，跑到有上班族急匆匆穿过街头，有小学生穿着校服踏上校车，路边的店一家家开门营业为止。跑累了找一家街边的咖啡馆，喝杯 10

块钱的咖啡看看人群，慢慢等日出复活，等城市彻底苏醒过来。

我挺害怕人群的。刚搬到北京的那个周末，我的朋友们在海淀黄庄附近的眉州东坡酒楼给我接风。我先打车去了西直门地铁站，一进去就被吓呆了，人潮涌着人潮，那么多面无表情的人挤在一个地铁站里，没人多看我一眼，每个人只想着往前挤，好快速奔向一个其实并不存在的目的地。我想起庞德的诗《在地铁站》：“人群中这些面孔幽灵一般显现；湿漉漉的黑色枝条上许多花瓣。”可我眼前的这一张张脸，比花瓣更相似更无法识别。那一刻我对北京的期待降到冰点，我真的没有想好如何在滚滚人潮里幸存，如何不变成另一个面无表情的个体。

后来我在北京生活下来。两年了，我闻不到这座城市的气味，它没有南方古镇雨打在石板路上的味道，没有北方草原清冽的青草香，没有隆冬黑夜走在雪路上扑面而来凛冽的味道，没有东南亚小城浓郁的香料味，没有藏区寺庙里酥油灯挥不散的奶香……很多次从梦中醒来我都不知道自己到底在哪儿。它被大自然抛弃太久了，带着灵性的老建筑一点点被拆除，这城市没了根，所有人都像浮萍。这一切在白天不明不暗的微弱阳光里被无限放大，无论哪一个季节，都让我无限孤独。

有时候我觉得我生活的这座城正在被人遗忘。你也许以为我是疯了才这么说——北京的一切都牵动着世界的命脉，夜幕下推杯换盏的繁华，彻夜不眠的金融体系，三里屯的德云社，工体门口的超跑俱乐部……它的一切都无时无刻不暴露在镁光灯下，晃得人心慌。可我眼见着这城市越来越孤独，它的贫穷、衰败、市井、废墟都被掩埋太深，以至于在每个天空飘着浑浊颗粒的黄昏，你都能看到夕阳下沉时不可抗拒的悲伤和衰弱。

只有清晨的时候北京不一样，《吠陀经》说：“一切知，俱于黎明中醒。”当我穿着简单T恤和跑鞋从东二环边上的胡同一直跑到日坛公园时，这座城市像是还有灵魂一样。卖早点的小摊6点钟就摆了出来，通常是一对年轻的小夫妻，丈夫熟练地摊煎饼，妻子站在一边儿勤快地盛一碗碗豆浆。清洁工人身上的橙色环卫服老远就看得到，宿醉的年轻人摇摇晃晃走在马路中间大声咒骂。看着还不显老的爷爷骑车带着孙女去上学，小姑娘在后座上唱着《喜羊羊与灰太狼》里的儿歌从我身边穿行而过。所有的写字楼还没有变成上班族的临时监狱，永远亮着灯的银河SOHO好像在晨雾里也有了温度。我能看清楚每一个行人的脸，他们是真实的，像西饼店飘出来的面包香一样真实。我住的胡同口有一位50多岁的大爷，每天清晨我从我住的红砖旧楼跑出来的时候，总能看到他穿着整洁的白大褂，套着个红袖标，在一棵老槐树下给街坊邻里剪头发。他像是一座老钟，永远精确地数着我住在这座房子里的日子。

梭罗说，每一个早晨都像是一个愉快的邀请。我也总是带着宠溺的心在清晨跑过城市的大街小巷，一遍遍提醒自己为什么舍不得离开。无论白天我有没有在格子间里默默痛恨工作，有没有暗自担忧没有房子没有车看不清未来的惨淡现状，夜晚是不是睡不着而想念失去的爱人和理想，是不是焦躁地数着所剩不多的二十几岁时光。只要还有一个个静谧的有人情味儿的清晨可以期待，只要我还能穿着已经洗得柔软的 T 恤和贴合脚型的跑鞋，我就有勇气跑出门去，接受一个个很多雾霾很少晴朗的新鲜日子，接受现实不如所想的现状，接受日复一日单曲循环一般的工作，接受爱人已经离去后的清冷散场。在《爱情刽子手》里，心理学家 Irvin D.Yalom 说：“自由的意思是，人要为自己的选择、行动、自己的生活处境负起责任。”我选择了北京，那现在就是我对生活负责的时候了。我知道现实其实远远没有那么糟，就算是浮萍，我也在慢慢扎下根来。我往不大的屋子里添置简约的家具，墙上贴满朋友寄来的明信片。我做更多的事，在吃饭的时候有人会走过来说：“我在你办的活动上见过你。”我有了更多交心的朋友，他们在我饥饿的时候收留我，给我煮一碗汤圆。我把脚放在大地上，用薄薄的跑鞋底触摸这个城市。何况每一天都有清晨可以期待，我以为这已经是人生的好日子。

在《了不起的盖茨比》最后菲茨杰拉德写：“当我坐在那里

缅怀那个古老的、未知的世界时，我也想到了盖茨比第一次认出了黛西的码头尽头的那盏绿灯时所感到的惊奇。他经历了漫长的道路才来到这片蓝色的草坪上，他的梦一定就像是近在眼前，他几乎不可能抓不住的。他不知道那个梦已经丢在他背后了，丢在这个城市那边那一片无垠的混沌之中不知什么地方了，那里合众国的黑黝黝的田野在夜色中向前伸展。盖茨比信奉这盏绿灯，这个一年年在我们眼前渐渐远去的极乐的未来。”

每一个来到这座城市的人都有来的理由，每个远离家乡的人心里都有那么一盏绿灯，每个人都曾在某一个时刻坚定地相信，只要明天跑得更快一点，把胳臂伸得更远一点，那失去的部分就会回来，那幻梦就能重新充满巨大的活力。就像我痴迷地在清晨跑向太阳一样，每一个人都在想象中“不断地添枝加叶，用飘来的每一根绚丽的羽毛加以缀饰”。这不是我们的错，甚至不是时代的错，更不是城市的错。只是没有人知道哪一天幻梦就变成轻烟，绿灯就会熄灭，而我们终将散场。可清晨还会是这个样子，等待新一批的年轻人从甲板上兴奋地张望，盯着那盏其实并不存在的绿灯，给他们力量。

/

02

城市的嗓音不死

▲

我坐在清华附近一家特别棒的咖啡馆里，睡眼惺忪，听着豆瓣电台歌剧频道，吃她家最棒的红丝绒蛋糕。我朋友坐在我旁边，同样睡眼惺忪，拿了杯双份的意式咖啡，咕咚咕咚喝下去，可还是一副累得睁不开眼的样子。他今年25岁，比我还小4个月，已经是一家科技创业公司的合伙人了。昨夜他刚从香港飞回来，也一并带回了50万美元的种子投资。我们有一搭没一搭地闲聊，他和我提起最近做的一个艺术项目。几个月前他跟两个朋友做了一家“声音考古”网站，打开页面是一张北京市地图，上面标注着几个位置图标，红的蓝的，简洁得很。我随便点开一个，新页面是一段在大街上录的音频，配一张手机拍的图片，旁边是转录成英语的文本。这一段段音频都是我们每天随时可以听到的，有二环小胡同里走街串巷的手艺人吆喝着“磨剪子嘞……抢菜刀……”形形色色，带着底层人生活浓重的市井味道。

我惊讶极了，他录下来的这些我从来没有注意过，每天有无数个声音强行灌入我的耳朵，我也就势把所有不重要的都一起过滤了，一层一层，直到生活回归到白色。看过一组新闻标题叫“在北京，2000万种死法”，题目抄袭了劳伦斯·布洛克著名的小说集《800万种死法》。可我觉得，所有人只有一种死法，这座城里没有一个人不是疲惫着死去。活法倒是各不相同，我居住的胡同里，夏天早晨六点半会有头发秃掉的男人穿着大白背心和短裤趿着拖鞋蹲在马路边上刷牙，晚上10点多街旁的烧烤店坐满了辛苦一天的民工，他们大声喝酒，大声吵闹，仿佛只有这样才能听到自己的声音。我以为这些跟我一点儿关系都没有，我们呼吸一样有毒的空气，走同一条路，可分明活在两个世界。即使是与我一墙之隔的人家，我也无法理解天天重复上演的夫妻吵架和对女儿的抱怨。不隔音的墙把彼此的生活都暴露给对方，却心照不宣地假装对此一无所知，实在事不关己，连八卦的兴趣都提不起来。

在我朋友的眼里却不一样。他祖籍台湾，从出生到长大都在美国，汉语听不懂的多，听得懂的少，会说一个“傲娇”都要到处显摆一圈。可是他觉得大陆是这样有意思，北京是这么精彩，我眼中司空见惯的一切对于他都无比新鲜和奇怪。他在努力建立跟这片土地的联系，无论是出于骨子里遥远的血缘关系，还是后天形成的情感相系，他用一种朴素的方式，帮城市记得自己长大的过程，是如何从沧海变桑田。这张声音地图是他送给北京的有声相册，他想要牢牢记住北京，也让北京记住自己曾经的人情味。

城市环境呈现给我们的总是一片嘈杂，混在一起的不明气味，和不断闪回的形色影像。城市在不停地和我们对话，日日夜夜，从天蒙蒙亮到孤星闪耀，每个居民的声音和动作都是对话的一部分。可是太多声音不被听到，太多故事在被遗忘。孩子的啼哭，生锈的自行车吱嘎着穿过街道，临街住的女人把一盆水泼到马路上，三环堵车时所有司机都不耐烦地不停按着喇叭……我们觉得这些是噪声污染，恨不得把耳朵一直堵住，可忘记了这些声觉场景就是穹顶之下千千万万个人最实在的生活，无处逃避，也无法美化，没有一个滤镜能让它优雅，也没有什么画面和声音比现实更充满喷薄的力量。

毛姆在《刀锋》的开头写："人不论男男女女，都不仅仅是他们自身；他们也是自己出生的乡土，学步的农场或城市公寓，儿时玩的游戏，私下听来的山海经，吃的饭食，上的学校，关心的运动，吟哦的诗章，和信仰的上帝。"成年之后，我一直想要回到成长的某一个时刻，我回到居住过的城市，回到家族的老房子里，甚至重走当年上学放学的路。可都是徒劳。居民区被拆掉，小学时沿路种满的桃树被刷成白色的铁栏杆，学校对面热闹的文具店变成了一家网吧，看样子也在勉强经营着。不只是一个时代过去了。我翻开旧相册，看着那个小女孩在胶片镜头前怯怯地露出笑容，觉得模糊和陌生得无法辨认。

我在街上漫无目的地走着，直到走到一家门楣破旧的音像店，里面竟然传出来 Beyond 的《大地》："回望昨日在异乡那门前，唏嘘地感慨一年年，但日落日出永没变迁。这刻再望着父亲笑容时，竟不知不觉地无言，让日落暮色渗满泪眼……"一瞬间我的 90 年代回来了，年少时成夜听磁带的时光回来了，叛逆着想要改变和离开的痛苦也一并回来了。时间如白驹之过隙，忽然而已。乌飞兔走，不觉间已十几年。这些声音不只是我一个人的年少时光，而是我们一代人的精神图腾，我们就在这些声音传递中长大，嫁人，生子，变老，走向不可逆转的荒诞和平凡。

我站在那家音像店门口听了一支又一支歌，强烈地相信我能回到那些歌盛行的年代。卡尔维诺写过："掌握故事的不是声音，而是耳朵。"我有一个善忘的大脑，可是念旧的耳朵却渴望把发生过的永远留住。那天之后我从父母家的仓库里翻出旧随身听，再次一夜一夜把磁带翻来覆去地听。粗糙的音质里我看见自己剪着短发趴在寄宿学校教学楼的窗口，看喜欢的男生在楼下打篮球……炎热的夏天跟朋友们游泳，扑通扑通一个个跳下水，溅起来的都是青春……我和好友拉着手在夕阳西下的操场上痴望着远方，畅想一个好像永远都不会到的未来。那天学校广播里放的是小柯的《冬日校园》："这冬季的校园也像往日一般，安详宁静也像往日，有漂亮的女生，白发的先生。只是再没有人来唱往日的歌。记得校门口的酒馆里，也经常有人大声哭泣，黑漆漆的树林里有人叹息。那宿舍里的录音机也天天放着爱你爱你，可是每到假期，你们都仓皇离去……"那时候觉得25岁是遥不可及的年龄，可是一转眼我就已经站到了它的尾巴上，快得像中间这些年都未曾经历过。

我喜欢城市是寂静的，像消失了一样。可我生活在一个拥挤的有两千万人的城市，没有隐私，没有平静。从早起睁开眼到夜晚浅浅入睡，无数嘈杂的人声填充了我的生活背景，我没处可逃。可这些让我烦躁的也都是记忆，是夸张的朴素的符号和象征，是数年之后让我翻出所有过往故事的钥匙。就像我的朋友随手录下的婴儿啼哭，老人口齿不清的呓语，小店里放的震天响的口水歌，天桥下难听的卖艺演唱，会随着岁月凝成琥珀，帮助所有离开的遗忘的人把丢失的细节一点点补齐，让回不去的人也相信，梦里千回百转的一切，都曾是最切肤的生活。

/

03

人世清欢，都在碗里

▲

每一个少女没成为青年妇女的时候都幻想过未来自己的家是什么样子，我的白日梦是：60平方米的小公寓，大开间，客厅一面投影墙，柔软的白色地毯，朋友来了可以坐一圈聊天扯淡，卧室一张大床，一面书柜，房门漆成蓝色，没有厨房。最重要的是最后一点，没有厨房。以前我既不会做饭，也体会不到烹饪的乐趣，对于二八少女洗手做羹汤至熬成黄脸婆的故事简直避之唯恐不及。我妈也是这样过来的，刚跟我爸结婚时米饭都煮不熟，这么多年一直是我爸下厨。我爸这人，热情劲儿是有的，勤快劲儿也不缺，可实在缺乏做饭天分，一日三餐，早晨小米粥，中午豆角炒肉加一个脆炒莲藕，晚上大白菜豆腐汤或者小白菜豆腐汤，二十几年，永不换样。我妈倒是极具创新和探索精神，各种高难度菜式都试过，小宇宙爆发时恨不得弄出一桌满汉全席，但总是三分钟热度，平时过日子绝对是“君子远庖厨”的姿态，属于旱的旱死、涝的涝死。高中那会儿我俩一块儿看韩剧，我饿得要命，我妈跟我说：“乖，喝点水去。”这种艰苦环境下长大的我，别说鉴赏美食，能顺利长大已经是人间奇迹了。

长大后去南方念大学，清淡的口味让我这个北方来的姑娘实在难以下咽，所有的蔬菜都像是沸水焯过一遍然后浇上酱油端出来的，食久不知滋味，楼外楼的美食都无法激起味蕾的兴奋。那几年我瘦了不知多少，所谓思乡心切，无非是想吃家里的饭菜。最惦记的是姥姥包的猪肉白菜馅饺子，轻油但味浓。

后来我谈了恋爱，莫名贤惠起来。每天上完课都坐着永远到不了头的 900 路公车到文三路，再穿过整个西溪校区到达一个菜市场，跟杭州的大爷大妈一块儿假装娴熟地问：“您这茭白不是新鲜的吧？昨晚泡了水吧？”

南方氤氲的梅雨天，想起来都是潮气。

那会儿我最爱做的是汤，冬瓜猪骨汤、番茄牛腩汤、野菌乌鸡汤，一小碗就滋润得五脏六腑都妥帖。后来升了级，什么沙参玉竹老鸭汤、葛根蜜枣清肺汤、鹿角菜蛤蚧水鱼汤我都会做，听起来吓死人的样子。煲汤最麻烦的部分就是要不停看着，小火慢慢熬几个小时才真能入味儿。我常常是左手一本《词与物》，右手一把木勺子搅着锅里的汤。一章“表象的界限”读完，汤也熬得差不多了，看看时间正好他下班回来，加盐、白胡椒粉，起锅，把汤倒进晶莹的瓷碗里，一星油花儿都没有，可真的入味，上面漂着几丝生姜、红的枸杞、糯糯的莲藕、去了心的莲子，我所有的热情都煮成了这一锅汤，盼着喝汤的人尝出里面的心意。

到北京之前我买过一个高压锅，分手的时候留给了他。我一直幻想某一天我会去把这个锅取回来，抱着它站在国贸底下大哭一场。可这没有发生。我见不得清算物件的场面，放在他那儿的我通通不想要了。又能追回来什么呢？到底意难平。别的也就算了，我煲汤的那些心思到底还是辜负了。离开杭州的时候我看见堆在墙角的一摞书，都是我煲汤时看完的。最上面那本《树上的男爵》像在无声嘲笑我，跟我说：“多少以前曾是重要的东西，对他已经不再重要了。”

然后我就再也没煲过汤，偶尔下厨，做的菜不生不熟都没了味道。

转眼又到了夏天。我认识了一个男生，高高的个子，说话没有正形，每周五都在三里屯泡到后半夜才回家。他说他喜欢我，我才不要相信。后来我们在老书虫见过几次，讨论社会创新和民主党，他给我讲无成本假说。我们去看了《了不起的盖茨比》，出来一起骂导演用力过猛、过犹不及。他爱吃，总带我钻进北京百转千回的小胡同里找好吃的。有次一块儿骑车去后海时路过芝士青年，我买了一块榴梿芝士和一块抹茶芝士，我们坐在门口的台阶上小口小口抿进嘴里，我给他讲刚看过的一本写红色高棉的书。芝士浓郁的清香，抹茶清淡的口味和幻想出来的血腥味儿，是我对那个夏天最后的记忆。

秋天刚开始的时候他邀请我去家里吃饭，说要给我做全北京最好吃的墨西哥玉米卷。我不屑，这玩意儿有什么好吃，可还是应下了。下了班溜达着往三里屯走，天气不冷不热，是北京最好的季节。我搬到这座城市的时候也是初秋呀，这一晃时光都不知道过到哪里去了。看看时间还早，我转了弯进了绿叶子食品超市（April Gourmet），我尤其喜欢流连在这儿的奶酪区，每一块漂洋过海装点我餐桌的奶酪背后都有自己的故事。咸咸的卡尔菲利干酪曾经被威尔士的矿工当盐食用，上面一颗一颗小气泡的埃曼塔奶酪搭配红酒最棒，马斯卡邦尼是做提拉米苏的必需原料，红列斯特像胭脂一样颜色漂亮质地纯滑，罗克福奶酪的发明还有一个美丽的传说——很多很多年以前有一个牧羊少年，他在吃午饭时见到一个美丽的少女，就把手里的奶酪和黑面包留在一个岩洞里跑去追她，数月后再回来，发现奶酪在岩洞里霉菌的作用下发酵了，但口味又很独特，入口时浓郁，然后一点甘甜，接着转为烟熏味，最后留点咸味在口中。

我在超市里转了很久，随手发了条信息给他问要不要带些什么东西过去，五分钟后他给我回了一条长长的清单：“牛油果2颗、玉米饼脆片1盒、洋葱1只、青柠1颗、番茄1个、焗豆罐头1瓶、香菜1把、酸奶油1盒，八戒你记住了吗？”真没见过这么请人吃饭的，还得自备食材。我买齐了所有东西，在他家楼下坐着读完了20页《深夜小狗神秘事件》才见到他满头大汗地骑车回来，跟我不住道歉说下班前突然有会，对方还啰里巴唆没完没了所以回来晚了，还好我买了东西还不生气，真是气贯长虹、女中豪杰、肚大撑船。

进了他家门他就一头扎进厨房。番茄洗净切丁，葱白和香菜都切成细细的小末，洋葱一层一层剥开切碎，牛油果对半切开、去核、挖出果肉，加入碎香菜、碎洋葱和碎干辣椒，用勺子搅碎拌匀，再滴进青柠檬汁……秋风透过纱窗吹进来舒服得很，可他在厨房里忙活得心浮气躁，一会儿把叉子掉到地上，一会儿被洋葱刺激得流眼泪大叫，闭上眼睛听像是小孩子笨手笨脚在家里闯祸，可不一会儿牛肉炒洋葱的香味就飘了出来。他端着两个漂亮的盘子走出来，在碟片机里放上一张《环球美食之旅》，坐在沙发前心满意足地坐了一小会儿，拿起一个玉米卷自己尝了一口，不无遗憾地跟我说：“唉，做得不怎么样，完全没达到平时水平，紧张了，紧张了，你凑合吃吧。”那顿饭吃了足足有两个小时，我们看完了两集美食纪录片，他不停道歉，我内心里觉得很温暖。吃完了我甚至在那个无比舒服的沙发上睡了半个小时才离开，他一直骑车送我到东四。

北京总是干燥得能把人所有水分都吹出来，他之前在上海住久了，经常抱怨嗓子疼。一天下午在外面开会，结束得早，我就拎了一袋子雪梨、大枣和银耳过去看他，准备给他做一碗冰糖银耳雪梨汤。他家钥匙就搁在隔壁人家的电表箱上面，我喜欢这种懒和小聪明。银耳泡开要半个小时，我就先做了一大玻璃瓶的蜂蜜柚子茶。然后把梨削皮，切成小块，红枣去核，枸杞洗净。先煮银耳，再加雪梨，要小火慢慢煮到糯糯的都化了才好吃。我站在那儿，左手拿的是资中筠选集的第五本《不尽之思》，右手一把木勺，从下午到天黑，时间恍然就像回到了过去。南方潮湿阴冷的屋子里，我守着一锅汤，拿着一本书，从下午到天黑，等一个人回家。

他下班回来，把一锅糖水吃得一点儿都不剩，拽着我说：“咱们买菜去吧。你爱吃泡菜吗？我买只坛子，以后你下班了要顺路过来我就给你熬粥喝，好不好？白粥和咸萝卜块，保证让你胃口好。”

如果故事往下发展，也许是浪子回头、女侠嫁人吧。可惜我们这种配角实在不配有剧情，我们还是不咸不淡做着朋友，一块儿取笑美国政府倒闭，一起去老书虫看书，偶尔去吃北京新开的店，从夏到冬。

日历翻到了 2013 年，我还是一个人过日子，使劲赚钱，再玩儿命花钱。有时候去绿叶子买不同的奶酪，有时候和朋友溜达着去买菜，再花三个小时煮一锅汤，难怪我总是记不得时间都花在了哪里。有时不是嘴馋，而是贪恋加进食物里的那点儿关怀。我们不是恋人，这样也没什么不好，照样搭伙吃饭，扯天扯地。我住的这座城市里什么都太容易失去，爱情，金钱，四合院彻响的鸽哨，第二天鸽子就冻死在屋顶。可生活呀，哪座城市还不是一样，厨房里的作料都是那几样，麻辣酸甜，差不多的滋味。也许哪一天早晨起来运气好，没准儿也就地老天荒了。

/

04

房子里的梦想家

▲

2011年9月我准备来北京找工作，迅速收拾了大部分行李，连着我的旧山地车一股脑儿寄到了北京。当我背着鼓鼓囊囊的登山包站到T2航站楼的时候，我的所有金银细软还在路上。朋友一路拽着我往市区走，我甚至都不知道晚上该住到哪儿。9月的北京还没脱去暑气，我的头发一直软塌塌地贴在T恤上，穿过北京薄雾蒙蒙的夜，急急忙忙，慌慌张张。

当晚在学院南路一家快捷酒店过了夜，睡前还去旁边的四道口吃了顿味道熟悉的烧烤。这城市我并不陌生，我也不是第一次在新的城市开始一段生活，可心里还是隐隐地充满了不安。北京市统计局说有2063万人居住在这里，我即将和他们一起挤地铁，一块儿纳税养活这城市，呼吸同样的空气，而我完全不认识这些人，这一切都让我惊慌。

第二天我就开始了朝九晚十的咨询公司实习生活，每小时10块钱的报酬仅够我吃顿午饭和在深夜没了地铁之后打车回酒店，长期借宿朋友那儿和窝在花钱如流水的宾馆显然都不是可持续发展战略，于是我开始找房子。来北京之前我对租房完全没有概念，对北京的房租也完全没概念。租房的过程类似于相亲，就是标准不断降低的过程，是从充满期望到充满失望再到绝望的过程，也是最后随便就妥协了的过程。看着被打过光修过图加了滤镜的照片，难免憧憬未来美好生活，然而残忍的现实一次次把我打醒，完美的房子和完美的恋人一样，都是不存在的。同样，看房子的过程中我见到了太多奇葩：一个大屋子被隔成数十间小隔断的，洗手间里各种昆虫表演体操和飞翔姿态的，厨房像生化武器研发基地的，合租小情侣大白天在家里进行爱的发声练习的……然而最让我意外的是，每每中介带我进到一个公寓里，里面的租客都是一张麻木的脸。他们不在乎谁搬进来，谁搬走，不在乎住在一个屋檐下的会是什么样的人，大家像过客一样匆匆，不用给一个微笑，也不用假装关心。真难受，街上走过漂亮的女生他们都会回头多看一眼，对于自个儿的邻居，连名字都记不住。我无法想象自己住在这样一个房子里，无法忍受某一天我的表情也变得麻木，无法接受在这样日复一日压抑的空气中冷却和适应。

我开始体会到北漂们到底有多艰难，以上诸多矫情的结果就是我一个多月都没找到合适的房子住，而积蓄已经像流水一样花得干干净净。繁忙的工作和压力让我喘不过气，该洗的衣服已经溢出了脏衣篮，论文眼看着要到截止日期还迟迟没动笔，再加上居无定所，心一直都悬在半空里，一丁点踏实的感觉都没有。于是我准备先解决主要矛盾，饱暖才能思淫欲，住得安稳是革命本钱，不管下班有多晚多累，穿高跟鞋奔波一天有多辛苦，也要找到合适的房子！

实习的地方在东长安街，北京的最中心。每天下班差不多10点，有时回去也要加班一两个小时，为了不让自己迅速垮掉，我决定上下班的交通不能超过一个小时。这意味着我只能选地铁边或者二环里，同时也就意味着不菲的房租。幸运如我，在看过了十几个房子之后，我租到了北理工的一间博士宿舍，十几平方米的屋子，一个月只要1000块。后来的3个月，这间小宿舍就是我的家。从空空荡荡到墙上贴满明信片和照片，从满眼白墙和灰冷的金属床到铺满暖色调的抱枕，我努力建立起临时的归属感，努力把它变得更像一个家，因为这是全北京唯一暂时属于我的地方，是我可以把头发放下来、跟着音乐跳 salsa 的地方，不管多张牙舞爪，这里都没人笑话我。后来的三个月，这间小宿舍见证了我分手那天躺在地上哭到散架，见证了我在截止日期前夜通宵写论文凑字数的通红双眼，也见证了我收到玛氏 offer 手舞足蹈的狂喜状。喜怒哀乐，我的百态，都在这间小屋子里，暴露无遗。

2012 年 1 月我搬出了这间宿舍，辞了咨询公司的实习职位，签了工作，交了论文，一切都尘埃落定，可是似乎也没有比三个月前快乐多少。一眼望得到结尾的生活总是让人迅速失去兴趣。那天晚上我走出东方广场，看着白天喧闹的长安街终于安静下来，几个月来我第一次发现这城市的晚上真美妙。

4 月我硕士毕业，回北京上班。回来之前就在网上租了房子，朋友帮忙过去看过一次就直接交了定金。上班地点在朝阳门，房子在工体东路，10 分钟的路程。房子是上世纪 90 年代盖的塔楼，电梯旧得叮叮哐哐直响，走廊的灯阴暗昏黄。我的室友是一个在大使馆上班的姑娘和一个昼伏夜出的法国人。我在那儿住了不到三个月，其间见到法国人的次数远远少于在公共浴室见到他丢在洗衣机上的内衣裤次数，每天早晨五六点钟他开门进屋的声音都会把我吵醒，像闹钟一样精准。虽然生活在北京，但我们还是活在不同的世界里，一样有时差。5 月我再次经历分手，和同一个人。吵了几个月，我在这小屋里摔电话，把铁盒里所有的照片和两个人旅行的船票都撕得粉碎，无印良品店里买回来的伦敦眼笔筒被摔掉了一个角。我们相互折磨了几个月终于宣布和平分手。之后每天下班我都拎着楼下买的麦当劳或者肯德基把自己关在屋里看《甄嬛传》，希望整整76集的宫斗能让我逃离苍白无力的现实。有时候看着看着就睡过去，半夜醒的时候薯条还在枕头边。就这样睡了醒，醒了吃，慢慢就到了夏天。

我又一次搬了家，这次在东城的小胡同里，红砖小楼里一套四居室。房子是上世纪80年代建的，里面房东留下来的旧家具和旧书最早可以追溯到50年代，都成精了。我常常做梦有一对老夫妻在屋子里看俄文书，老先生还抽着手卷的烟丝。他们看起来很慈祥，我也从来不害怕。上班依旧很近，我一直在这房子里住着，和跟我相识了十年的两个高中同学一起过上《老友记》一般的日子，从此再也不关心58同城的租房板块，扔掉了留给租房中介的电话卡。

我一直等了三个月才敢往屋里添家具，搬家次数太多，几乎不能相信自己会在那里住久。queen-size的新床，实木衣柜，一点点地房间越来越满，我才真的踏实起来。一年来我都在北京、杭州、长春三个城市不停游荡，从海淀搬到朝阳再到东城，我不多的东西在一次次搬家中扔得七零八落，毫无心痛之感。连心爱之人都丢了，东西又算得了什么呢。

我有时会梦见刚来北京的那一天，我茫茫然站在宽阔轰鸣的大停机坪上，抬头看灰白的天，只是已经不记得当时自己期待的北京生活是什么样子，是不是在一条已经存在上百年的小胡同里住着，是不是每天同样的上下班路线，是不是在15层健身房跑步时看着拥挤的二环路时的惶然。

2013年1月，某个不想起床的早晨，我躺在床上看《三联生活周刊》，有一篇叫《中国式自尊的阵痛与嬗变——“蜂巢”里生活的他们》。“一张坚硬的木板床、一张窄小的电脑桌和一个简易方便衣柜，一扇高高在上、面对走廊的推拉式小窗，四堵用白色挂历纸糊好、粘了吸附式挂钩的白墙，总共不过3平方米的空间，就构成了绍伟的整个世界。绍伟用手比画了一下这个狭小的空间，问‘你认为一个人活成这样，有尊严吗？’这是位于北京西三环紫竹院桥附近某楼盘的一处150平方米的复式公寓，连同天台在内，它被精心隔成了38个闭塞的窄小空间，宛如一个蜂巢。晾衣架上，颜色各不相同的文胸、内裤、袜子、枕套，密密麻麻地挤在一起。”

我起来倒了一杯凉牛奶，看完了这篇文章。过去的一年零四个月水一样淌过眼前。在北京辗转住过的几个地址还存在亚马逊的常用地址里，而我再也没回去看过。这几个房子就像我所有的过去一样，被扔到了角落里，我的记忆也像居住的房间一样狭小，装不下太多过去。我不知道这些房子里现在住着谁，这对我不重要。

欲望总是在膨胀，从住地下室到租一居室到东挪西借付首付到换大房子再到期待大别墅，没有人能止得住向往更安逸的生活，青春就在房子和房子间偷偷溜走，变成中年时坐在窗边摇椅前发丝间的一缕灰白。很多人怀揣梦想来到北京，可当才华在恢宏的高架桥面前显得脆弱不值一提，激情被日复一日地铁换乘挤得消失殆尽时，眼睛里的光也只能慢慢黯淡下去，开始认真关心粮食和蔬菜，奶粉和金价，最后在心里把梦想两个字撕个七零八落。我们就这样慢慢毁了自己的生活，被城市无情吞噬。

最近在读卡尔维诺的《看不见的城市》。在《城市与记忆之三》里他写道："城市就像一块海绵，吸汲着这些不断涌流的记忆的潮水，并且随之膨胀着。然而，城市不会泄露自己的过去，只会把它像手纹一样藏起来，它被写在街巷的角落、窗格的护栏、楼梯的扶手、避雷的天线和旗杆上，每一道印记都是抓挠、锯锉、刻凿、猛击留下的痕迹。"

和北京千千万万幢房子里的年轻人一样，我没有时间怀旧，我把太多记忆的碎片扔进了城市的洪流里。为了达到北京市城镇人均住房面积 29.26 平方米的平均值，我们只能拼命向前奔跑。说着为了梦想，首先要为了生存。如果没有父母的资助，没有名校的学位证书，也许那一个个小蜂巢里就有一个我。我从来都不是最惨的北漂，我不知道和 37 个陌生人挤在一个比我父母的家还小的房子里是什么感受，也没尝试过把所有饮食起居的细节都透过薄薄的复合胶板隔断暴露在隔壁邻居的生活里。我没想过现在就离开北京，我已经开始有心情享受 CBD 不夜的灯火，习惯周五晚上穿过三里屯太古里的火树银花去酒吧街小酌，一杯龙舌兰日出下肚，我不会有任何现世悲凉的自怨自艾。这城市分明已经是我的一部分。

但是其他房子里的年轻人，不敢恋爱、不敢大声呼吸、不敢请年假旅行、不敢驻足新光天地的奢侈品店，即使相貌姣好，即使心比天高，囊中羞涩的他们也只敢在午夜梦回时悄悄想念起似乎从来没有真实存在过的梦想，然后盖住被子小声地哭一会儿，第二天照常起来上班，就像什么都没发生一样。

/

05

被抛弃的小镇

▲

我出生在北方一个叫泉阳的小镇，靠近长白山，10 月就开始下雪，雪大时连路都会封死。人生的前 6 年我在这里长大，每天凌晨 4 点钟左右，有一列火车会在小镇短暂停留再开走。外公去世后我经常被火车的汽笛声吵醒，然后看到外婆坐在破晓前的黑暗里默默流泪，想念她的丈夫。对童年的记忆已经模糊到大部分需要靠想象和父母的讲述，可是我一直记得那列火车在夜里“轰隆轰隆”呼啸而过的声音，每次我都在心里想，火车就是分离，它带走我爱的人。

白天的时候我会经常跑去铁路边上玩儿，夏天的中午铁轨被晒得发烫，我就赤着脚拎着塑料凉鞋在上面走。从来都不知道一直走下去会到哪里，也没有想象过世界有多大，只是一直努力走，直到蝈蝈不再叫为止，因为那会儿太阳就落山了。这是我对幼年仅存不多的记忆之一，我甚至不确定是否加上过幻想。但是 6 岁之前，小镇上扎着羊角辫儿的我像铁轨边上的野草一样疯长。

农历六月，《礼记·月令》里写：鹿角解，蝉始鸣。半夏生，木堇荣。

铁轨边上住着一户人家，在我很小很小还是个婴儿的时候，妈妈经常推着儿童车带我过去串门，每次都要经过一段坑坑洼洼的路，石子把小车里的我颠得直哭。那里住着妈妈的好朋友，她有一个儿子，比我大一些，有一次看到我哭就大声说："长大以后我要做工人，修一条最好的路直通到超超妹妹家，让她每天都高兴来我家玩儿。"

4 岁起妈妈就把我送进学前班，和珠算老师学习打算盘。我还是那么小，轻轻一拎就能提起来，站起来和课桌一样高，每次老师要把我抱起来放到凳子上，我才能够得着练习本和木头算盘。我一点儿都不喜欢算算术，一点儿都不喜欢把数字加来减去，那么多位，还要记住复杂的口诀："七去三进一，七上二去五进一……二上三去五，二退一还八……"旁边发黄的卷子上工整地印着一个个算术式，如“129768+32698=”，粗糙的油墨把戴在胳膊上的粉色小花套袖蹭得黑黑的。我无法想象 129768 是一个多大的数，我觉得我一辈子都不会用到它。那时候觉得时间好慢呀，珠算课上完了还有画画课，要什么时候才能到楼下和小朋友们玩儿呢？有一个下雨天，下课时所有的学生瞬间就都走光了，我妈妈还没有来接我，老师就陪我在教室里等着。她把我抱到凳子上，我俩一块儿趴在窗台上看外面下雨，好多人穿了塑料雨靴，于是使劲地往水坑里踩，才不在乎会不会溅一身水。我们等呀等呀，过了好久我妈妈都没来，雨都停了。老师把我抱下来，拉着我的手去买茄梨。雨后的小镇街道被洗得无比干净，小贩又提着篮子出来沿街兜售，扁担上还挂着水珠，滴答滴答，歪着头对着太阳看就能看到一个小小的彩虹。我们买了几个梨回去，老师把它们洗干净放在课桌上，我问老师：129768 个梨会有多少？会不会叠起来比整个学校都大？能铺满一个操场吗？农民们要多久能种出这么多的梨？

那个雨天之后我再也不记得还有没有上过珠算课，学校给我发了一身鹅黄色的校服，我上了小学。妈妈带我去照相馆拍了张一英寸照，照片里我的表情无比严肃，小小个人儿绷着一张脸，满脸写的都是对未知的困惑和止不住的好奇。我在那所小学读了 3 个月就和父母搬家离开了小镇，那时我刚过完 5 岁生日，坐着凌晨4点的火车在半睡半醒中离开了我的北方。

搬家之后每一个寒暑假父母还会把我送回小镇的外婆家。她和外公住在一个家属大院里，一个院子住着那么多小孩儿，上午被大人看着草草写完作业后我们就从楼里溜出来，聚集到一起，跟着带头儿的大男孩满院子疯跑，跑到果园里偷摘果子吃，被狗追得跑到心都要跳出来。我的膝盖经常摔得淤青，一个伤口刚结痂，新伤又添上，常年都涂着紫药水。有一个盛夏的午后，太阳把每一块石头都晒得滚烫，大院里一个小朋友跑到我姥姥家敲门，我们风一样一起溜出去，他拽着我的小辫儿追着我跑，塑料凉鞋的带子都被我跑断了。我们跑出居民区，穿过一片矮矮错落的平房，听着各家的狗叫此起彼伏。我们不知道跑了多远，小镇被丢到身后，云越跑越低。我们跑进了一片草场，看到马儿和羊群，它们充满警惕又傲慢地看着我们两个小孩，用“咩咩”的叫声表示根本不把我们放在眼里。前一天下过雨，泥土沾到红色的小凉鞋上，不停把我拽回大地。我俩跑累了，趴在小山坡上晒太阳。他嘴里衔着一根狗尾巴草，我采了一大把波斯菊、一年蓬和蒲公英拿在手里，唱着刚刚学会的歌谣：

“晚霞中的红蜻蜓，

你在哪里哟，

停歇在那竹竿尖上，

是那红蜻蜓……”

空旷的山冈上站着我们两个小孩，所有的风只向我们吹，所有的日子都为我们打开，阳光特别明亮特别耀眼。长大后我去过那么多草原，却没有一个比那片泥泞的，野花这儿一簇、那儿一片随意开放的小草场更美。那年夏天我跟着这个比我大半岁的小男孩混进游戏厅里打拳皇，在堆满了木材的厂子里疯跑，塑料凉鞋跑几步就会甩出去，把我绊倒在地上。暑假结束的时候，我的膝盖紫紫的，远看像一幅模仿莫奈的粗糙油画。离开小镇的前一天，我的小朋友跑到我外婆家，送了我一个石头挂坠，雕刻成一颗心的形状。后来这个吊坠一直陪伴我住了那么多所房子，挂在我每一个卧室的窗帘旁。

再后来父母带着我又一次搬家，我们从中部的工业城市搬回到北方海边，每天晚上餐桌上都有海鲜，3 月春天就来。我在这儿迅速长大，认识新的朋友，学习新的方言。3 年之后我们再次搬走，新家打开窗子时空气里再也没有海风咸咸的味道。再后来我长大了，提一只大箱子去江南读书。又过 3 年，背了一个登山包就把全部的生活搬到北京。

每当我回头审视自己走过的路，写过的故事，我都会悲哀地发现，唯有一件事是永恒发生的：所有的一切都在飞速离开我。我应对的方式就只能是再也不回头看。我在不同的城市长大，刚刚生下一点根就被拔起来，再扔到另一堆土壤里，重新适应湿度和阳光。次数多了，我也不在乎了。辗转搬家多次，让我对城市的留恋感下降到分别时没有眼泪的地步，我对它们抱有感情，但也仅此而已。现在长大了，想着从小散落在各地的亲友，想着地图上分割成一块一块的记忆，也没有伤感和难过。新环境、新城市对于我从来都不是问题，我可以迅速学会各种方言，适应那里的习俗气候和食物。如果遇到一个异乡的男人想要带我回到他长大的地方，我可以义无反顾地跟他走。反正和父母不在一个城市，哪里都不是家。

可是这小镇对我是不一样的，它保留我生命最初的东西。我在 25 岁的冬天又回到过小镇，我读过的小学被拆掉了，因为是冬天，街上也没有卖茄梨的小贩。那片记忆里最美的草场被一场大雪覆盖住，远方是高高的一排白桦树，像是小镇沉默的守护者。当年说要为我修路的男孩去澳洲学了飞行，那也是我看《舒克和贝塔》时的梦想。可他最终也没有变成飞行员，无法像我们一起幻想的那样冲上云霄。在我离开小镇时送我一颗石头心的玩伴，马上就要结婚，上次见到他胖了好多，我只有喝醉了才能从他脸上看到幼时清秀的模样。那年我们呼啦啦一群孩子疯跑在小镇上时在家做数学题的天才少年，读完大学就不知所终，我知道他没有去研究费马大定律，真可惜童年的理想那么容易就吹散。而我学会了把一个个幻梦死死抓在手里，小心不弄坏它，在长大的过程中，我已经弄坏够多的东西了。《一生所爱》里唱："鲜花凋零了会再开，离开的人儿却不会再回来。"可是我更相信诗人阿多尼斯的话："无论你走多远，都走不出童年的小村庄。"

十几年之后一个夏天的晚上，我化了一个小时的妆去嘉里中心参加晚宴。一屋子的俊男美女，推杯换盏，画面华美得像《了不起的盖茨比》。我穿着几千块的晚装和大使夫人聊天，酒杯晃得我心慌，我越过她精致的妆容看对面镜子里的自己，却好像看见了童年穿着红塑料凉鞋的小女孩在草场上用力奔跑，稚嫩的嗓音让歌声都散在风里：

"晚霞中的红蜻蜓，
请你告诉我，
童年时代遇到你，
那是哪一天……"

/

06

慢船到涪陵

▲

不用早起的周末，窝在家看了一整天《江城》，写得有意思极了。在我印象里中国这样的小城镇比比皆是，也没有什么不同，小饭馆、洗浴中心、街边随便一摆的小摊、汽修店，仿佛都是一个模子刻出来的。新建的千篇一律的楼房和低矮破旧的小平房交织在一起，又浑然天成。每次在旅途中穿过这种小城市，我都恍惚不知自己身在何方。可是何伟笔下的这座城如此鲜活，每一个场景都足够真实。我沉浸在书里，回到了20世纪90年代。

他写他和另一个美国人在操场上玩飞盘，学生们激动地冲出教室去看，并写进作文里：“……这两个运动员离得很远，拉开架势，扔着飞盘。多精彩呀！飞盘像一团红色的火焰，在他们两个人之间飞来飞去。外国人真是多才多艺呀！”他写学生们对他的好奇：“学生们记下我带着水杯上课的样子，我在上课时绕着教室踱步的样子，还有我在他们看来十分滑稽的笑声。他们记下了我那给他们留下深刻印象的长而直的鹰钩鼻，好多人还描述了我的蓝眼睛。这也许是所有细节中最奇怪的一点，因为我的眼睛是淡褐色的——但学生们早就从书本上了解到，外国人的眼睛都是蓝色的。他们看到了他们想看到的东西。”

“在学校举办的各种比赛中，英语系从未获胜过。没有以长征为题材的英语歌曲。”“我让她看了我的红色工作证、浅绿色外国人居住证、深绿色外国专家证和蓝色的美国护照。那一摞花花绿绿的证件堆成了一堆。服务员慢慢地翻看着，既充满了敬畏，又有些受宠若惊。中国人对于官方文件具有一种痴迷之情。”

他写中国大兴土木的建设：“从我来到中国开始，这样的情景我每天都能见到。在很大程度上，我所看见的那些城市其实就是一个个大的建筑工地——就连陕北的古城榆林也莫不如此，满是脚手架和建筑工人们。无论在中国的什么地方，人们总在建筑。”

上世纪 90 年代末，我 10 岁左右，简直不敢相信我曾经活在他书里描述的世界。我清楚地记得我 6 岁时爸爸一个月赚 500 块钱工资，那是 1994 年；记得 1998 年妈妈带我第一次住五星级的宾馆，花了 840 块一个房间，我心疼得够呛，躺在大床上赖着不走，觉得多睡会儿才能把房钱赚回来。

每天都有无数外国人带着憧憬来到中国，从北京到南方小城，各种颜色的皮肤一夜之间就出现在一条条被雨洗旧的街道上。就像 19 世纪去加州淘金一样，如今东方的土地是财富是机遇是天堂，中国已经从“永远停滞的民族”变成了停不下来的民族。可对这些坐了十几个小时飞机而来，落地时带着恍惚的外国人来说，他们只能观察。

我曾一度痴迷北京的大小教堂，每个月都会找一个周末五点半起床去圣弥额尔堂听早祷。我不是信徒，但我喜欢天主教堂哥特式的尖顶和彩绘玻璃窗，看到人们的虔诚表情我也觉得踏实和宁静。中国的教堂里总是老人居多，他们不懂英文更不懂拉丁文，但是每当看到腿脚不灵便的老太太缓慢挪进来，颤颤悠悠地从布袋子里拿出一本翻得烂熟但依旧干净的《圣经》，我都相信，她祈祷的语言神一定听得懂。她们都是从苦难里走过来的人，天晓得这一辈子都经历了些什么，上个世纪三四十年代出生，活了七八十年，人类能想到的坏事怕是她们都见着了，到老了实在没什么好相信的了。可人总得有个念想，有信仰也总是好的。好歹洋人们过去在旧城里建了大大小小的教会学校，教堂以前是可以保护人的地儿，发生的罪恶总比那皇宫里少多了。

我们是被60年代那一辈人养大的一代，拘谨和隐忍和遗传基因一样几乎写到每一个人的性格里，目睹过一夜之间家破人亡，经历过沧海桑田的骤变，留下的只是一句“风流总被雨打风吹去”。

无论一个外国人有多熟悉中国的近代史，读过多少本哈金或冯客的书，他依然不能相信这个时代的年轻人依旧活得谨小慎微、瞻前顾后。在别人讲述迷茫和矛盾时，还是会脱口而出：“为什么不听从你的心呢？”他们到底还是不懂，中国人早已经进化到可以忽略个人感受的地步。家庭最重要，孝顺最重要，安稳最重要，个人喜恶可以忽略，情绪可以忽略，直觉可以忽略。

只有外国人可以这样冷静地记录中国，写下每一个被当地人忽略掉的细节，每一条被刷掉的标语，乞讨的盲人用粉笔写在地上的字，或者充满好奇地记下司机骂人时用的词语。因为无论他有多爱涪陵，他总是可以离开。他可以只在相片里回忆这座小城，而不会心痛。对我而言，外国人的好奇心实在是很残忍的事情。

/

07

都是异乡人

▲

7 月炎热的一天，我从北京飞了 6 小时去新加坡。出发前一周大概是我人生最忙碌的 7 天，每天三四个小时的睡眠让我精神无比恍惚，没有看攻略没有换钱，出发前 3 个小时匆匆捡了几件衣服扔到行李箱里就去了机场，当天下午护照还在日本大使馆里，我都没空去担心如果拿不出来怎么办。有一个阿根廷女孩告诉我她们家乡祈祷好运的办法是“boys grab their left balls and girls touch their left boobs”（当地俚语），说实话那一周我差不多每天都用这种办法换人品攒好运，祈祷一切顺利。

不管怎么说我在一团混乱中成功坐到了波音777里。新航的冷气直吹到骨头缝里，我盖了三层毯子还是冻得心慌。一路上忙着补觉，我昏昏沉沉地做了好多梦，一会儿梦见在追我的男孩子突然就结了婚，一会儿梦见高中运动会我没命地跑800米，一会儿梦见小时候姥姥家每天凌晨火车开过的声音……就这样半梦半醒间一路向南飞，也不知道是不是有个平行时空正在发生这样的事。中间几次醒过来，看着周围的人一个都不认识。我总担心如果飞机出事了，我会和一群陌生人死在一起，没有人知道我要离开北京，没有人知道我去哪儿，没有人过来捡我的尸骨。我总是和自己自问自答，如果飞机坠毁前能打两个电话，除了给父母，第二个电话我会打给谁？

虽然工作之后已经没有假期，可是越来越习惯这样飞来飞去脚不着地的生活。身边的人都是这样，Facebook上，微信朋友圈里，昨天见到的人今天就在土耳其，开普敦，苏梅岛，甚至亚的斯亚贝巴。地球越来越小，以前在地图上看过的国家，也许哪天就能遇到从这里来的活人。一切都越来越超现实，却又感觉无比真实。

我提着登机箱下了飞机，在免税店买了两瓶酒拿了张地图，换了500新币就出了大厅。很多人来机场接很多人，我快步走过人群，知道没有一个人是过来等我的，这感觉又轻松又遗憾。人活着大概就是这样，有时候太害怕责任，不敢与人发生交互，而更多时候，却厌弃长期疏离人群的孤独感。我总幻想哪一次下飞机时会有个人在另一边等着我，不告诉我也不问我的航班号，不在乎我的头发被长时间旅行弄得脏兮兮，不在乎我带着没睡醒的迷糊，不用带着鲜花也不用提着半打啤酒，就等着我就好了。我不知道其他人是不是也会这样，明知道没有人接，还是希望在穿过人海的时候听到有人叫自己的名字。我喜欢给别人惊喜，我经常自己就跑到机场去接人。有一次在香港赤腊角机场，和当时的男友说我要去接机。我早早就到了机场，看到他从里面漫不经心地走出来，在每个银行柜台和问讯处停留，我的心一点一点灰下去，因为我记得以前他接我的时候我是怎样三步并作两步跑出来的。我转过身去，把眼泪憋回去，然后跑向他，给他一个大大的笑容和拥抱。真是奇怪，都已经过了那么久的事，我怎么就又想起来，一个人旅行大概就是这样子，没有人和我说话，只好胡思乱想。

我拖着行李箱，一路换了几次地铁，靠着不明的方向感居然很容易就找到了玛丽亚和安德里斯的家，这是我在新加坡要住的地方。出发前 3 天，我在 Airbnb 上选中了这间房子，选择的过程真是困难极了，那么多漂亮的小房子，每个房子背后都是不同的人，不一样的故事，这让我又紧张又期待。在老电影《当哈利遇见萨莉》里，哈利在相识 12 年 3 个月之后对萨莉说："我喜欢你用一个半钟头点一个三明治。”我想现实里没有哪个男人会觉得这是件有魅力的事，我的一位男同事从看房到买房用了一周时间，而我纠结买哈瓦那什么颜色的凉拖就纠结了快两天。这次在 Airbnb 也是一样，不是处女座我也一样有多年久治不愈的强迫症，在我看来一个理想的旅行住宿应该符合：一、交通方便；二、能够认识有趣的人；三、有当地的味道；四、价格公道童叟无欺！

房子大概是最能反映人品性的东西，饮食起居，所有细节，全都藏不住。Airbnb 在新加坡站有 700 多个可以选的房子，它们散布在城市的各个角落，每一个看起来都那么精致，每一个都像在给我讲不同的故事。我一个一个打开看，简直无法抑制自己的好奇心，想要认识这些房子背后的人，想知道他们的故事。选住处的时候机智好色的好基友也在旁边，他指着一个头像看起来阳光帅气的男生跟我说：“要我我就住那儿，这房价绝对值！”我最终选了玛丽亚和安德里斯的家，他们房间的照片吸引了我，很大的落地窗，窗外像热带雨林一样茂密的丛林。等我真的站在这片落地窗前的时候，只觉得这片丛林比我想象的更让人沉醉。

我在早晨 7 点钟见到了安德里斯，他在门口给了我一个热情的拥抱，6 小时的疲惫一下子被他准备的姜茶冲掉了。他说知道中国人喜欢早晨喝热的东西，也知道新航冷气有多足，于是初到异乡的我，就这样被小恩小惠深深打动了。我洗完澡出来的时候，客厅里静悄悄的，让我想起茨维塔耶娃那首美丽的诗，“有时候，在黄昏，自顶楼某个房间传来，笛声，吹笛者倚着窗帷，而窗口大朵郁金香。在房间中央，一个瓷砖砌成的炉子，每一块瓷砖上画着一幅画：一颗心，一艘帆船，一朵玫瑰。而自我们唯一的窗户张望，雪，雪，雪。”赤道没有雪，但是窗外茂密的热带丛林和屋里欢快的鸟叫让我感觉像回到童年的夏天，知了放肆地在窗前叫，树木疯长，阳光四溢。每个人的家都有不同的气味，这里一直散不去的是食物的味道，让我觉得踏实和放松。地板上摆了大大小小二十几个酒瓶改成的烛台，让我想象着他们和家人朋友或者客人一起度过的无数个夜晚。客厅墙上挂着一块大黑板，上面潦草地写着好多看不清楚的字，沙发上中国风的靠垫和茶几上的陶制茶壶让我觉得亲切不已。

晚上回来的时候看到了玛丽亚，我们一起坐着聊了会儿天。玛丽亚是俄罗斯人，有一双漂亮的眼睛，安德里斯是比利时人，很谦虚又顾家的样子。他们读大学时在瑞士参加学生活动时认识，去年结了婚，结束全球漂泊停在了这个赤道边上的小国。两个人都喜欢旅行，也喜欢认识不一样的人，于是把家拿出来和 Airbnb 上面全世界的旅行者一起分享。他们给我讲了好多住客的故事，有一个年轻的音乐家从日本跑来在房间里关了 3 天，不停地在弹吉他，走的时候告诉他们他写了首很棒的新歌；有一次他们也要出门旅行，于是在机场把钥匙给了住客就各奔东西，完全不在乎回家的时候是不是连小黑板都会被拿走；有一次这里来了一家三口，3 岁的小女孩让他们也产生了要孩子的想法；有一次他们带着独自旅行的住客一起参加了朋友的生日派对，拍立得相纸上所有人都笑得无比开心……玛丽亚跟我说，我们这些天南地北不同大洲的人是她艺术创作的源泉，每一天醒来都会有惊喜。如果你能诚恳地对待自己的内心，就不害怕有陌生人走进你的生活空间，因为没有什么值得隐藏的，没有什么是不能拿出来和人分享的，无论是自己过去的故事，还是当前的恐惧。不管在哪里出生，想过什么样的人生，其实人和人之间的共通性往往比我们想象的大得多。

我飞了 4900 公里，从北回归线飞到赤道，在新加坡 770 个房子里半随机地选中了这对年轻的夫妻，和他们一起生活了 3 天，然后回到我住的二环小胡同里，继续生活。他们也是一样，各自从俄罗斯和比利时到了瑞士相遇，又在那么多国家里选中了这个太平洋上的岛国。不知道会待多久，也不知道下一步会去哪里。需要太多太多的巧合才能让我碰到他们，我不相信什么缘分和因果，宇宙都只是一个孤独的粒子循环往复造成的随机结果。但是在踏进这个房间的那一刻，闻到屋子里浓浓的食物香，喝着一杯和我一样从中国来的姜茶，让我觉得，其实没有什么家乡啊，走到哪里，未来停在哪里可能都无所谓。瓦尔特·本雅明在《柏林童年》里写："旅行时遭遇的陌生世界不一定是陌生的，它在我身上引发的并不一定是进入陌生之地的渴望，有时更是那种默默要回家的愿望。"

这世界是个谜，我们都是异乡人。

/

08

纽约只能在梦中

▲

订了去纽约的机票，所有眼前的迷雾终于变得稍微真实起来。几天后我穿着高中毕业时别人送的帆布鞋走出肯尼迪机场，鞋帮上有一个被岁月的洗衣机刷淡的美国国旗。9 年前送我鞋子的人和我一起飞过太平洋，命运这双手就这样画出一个个巧合和必然。我在难熬的长途航班上一直打嗝，艰难地挺到了旧金山。第二段航程里我经历了人生第一次晕机，5 个小时后呕吐着降落在纽约，旁边刚满 1 个月的小婴儿停止哭泣，好奇地看着我把苍白的脸吐成铁灰色。

可是我终究来了，甚至没忘记去补个东方式的淡妆才踏进纽约潮湿的雨后空气，我希望以一个美好的姿态拥抱这座在梦里存在了好几年的伟大城市。行程清单上写满了一个个著名的地点，包括我深深喜欢过的作家们在纽约穷困潦倒时住过的房子，也包括那些在电视里看了一次次的摩天大楼。我迫不及待地等着纽约在面前徐徐展开，最好把我的魂儿也一并勾走。

两个星期之后我在上东区一座已经有百年历史的公寓里写下这篇文章，放肆的阳光穿过木雕细棂，把植物的影子纷纷打到樱桃色的硬木地板上。这里没有灰尘，光着脚在公寓里走一天脚底都干干净净。我坐在窗边喝一瓶波士顿生产的夏日淡啤，窗外就是中央公园，年轻的金发女生像躺在沙滩上一样穿着比基尼晒太阳，刚学会走路的婴儿咯咯笑着跌进妈妈的怀抱，颤颤悠悠的白发老人推着轮椅慢慢地享受盛夏到来前的好天气。一切都那么完美，人类所有对城市美好的想象纽约全都有，法拉盛便宜又好吃的美心饼屋，当代艺术博物馆里莫奈的睡莲池，百老汇经久不衰的戏剧，皇后区五颜六色天马行空的小房子和涂鸦，甚至5月雷雨过后天边大片大片绚丽的火烧云。

从法拉盛买了21美元一打的大闸蟹和小肥羊火锅底料之后，我跟朋友坐M线回他住的新泽西小镇。地铁上螃蟹隔着纸袋狠狠地在我小腿上抓出了一条血印。旁边坐着的欧洲男人忍不住笑起来，然后猛烈地道歉，接着开始跟我聊天。那是他从波兰到纽约的第三天，他问我纽约到底有什么好，为什么全世界人民都纷纷忍受十几个小时的飞机像赶集一样涌入这城市？说实在的我完全不知道怎么回答，却彻底松了口气。太好了，不止我一个人觉得这里没什么特别。纽约对我曾经是一个梦想，看了几千集美剧之后我毫无逻辑又自然而然地爱上了这座城。我真的幼稚地相信只要我到曼哈顿来，就会在这里过上电影里的日子，早晨在中央公园里跑步，中午坐在街边木椅上拿一杯咖啡看书，晚上在小酒馆里坐会儿，再抱着牛奶和大樱桃穿过几个街区回家，一边洗澡一边跟闺密煲电话粥，生活里充满桃色和八卦。事实上我也过上了这样的日子，这两周里我从下东区搬到上城，一次次走过著名的第五大道和中央车站，甚至来纽约的第一天我就在晨曦里走到了赤裸裸写着金钱的华尔街和人潮滚滚的时代广场。可我一点儿激动的感觉都没有，纽约太美好，就不像是真的。谈话的最后我跟这个带着浓重中欧口音的男人一致认为，纽约的传奇在于对不同种族、宗教、文化、国家和政治立场的包容，它以一种无所谓的态度欢迎各种奇怪的、中庸的、孤独的、逃避的人来这里短暂居住或者安家，人人可以觉得自由和随意。我们两个对这次对话都很满意，微笑着寒暄着各自离去。可这明明是个无关痛痒的标准答案，谁都可以这么说，这句话其实一点意义都没有。那么纽约对我来说到底是什么?

我在几个瞬间里爱上过纽约。刚来的那晚走进51街地铁，难闻的尿味和阴暗漫长的通道后是悠扬的小提琴声，无家可归的艺术家依然自在地拉出欢快的调子，也不管琴盒里只有几张1美元的纸钞跟一小堆斑驳肮脏的硬币。一天散步时天气太热，我穿着跑鞋就拐进了大都会博物馆，花了一个下午看毕沙罗的《蒙马特大街冬日的早晨》，我最喜欢的画离我住的地方只隔十个街区，这感觉真是棒极了。美国阵亡战士纪念日那天全国公休，我去了地图最下边的康尼岛，和一个刚认识了两天的朋友还有一个菲律宾来的变性舞者一起在海滩上连喝了两杯龙舌兰shot，然后醉醺醺地在游乐园里坐旋转木马。小亭子里聚集了一帮拉丁人，拿着麦克风唱着走调的歌，我们也高兴地跟他们乌拉拉转着圈跳舞一直到太阳落山，远处的布鲁克林大桥闪着沉默和温柔的金光。周日下午穿过哥大走十几个街区去一家台湾面包店买最好吃的贝果，穿着忍者神龟T恤的老板热情地多送了我一个，递给我的塑料袋上印着“I heart NY”。

可尽管如此，我没有一刻感觉自己是真实地活在这座城市，它终究不属于我。一直搞不清楚英尺和华氏温度，天黑了我就一点儿方向感也没有，几次从西边一直走到了东河然后再提心吊胆地从车行道迅速走回到一大道，路过哈莱姆区的晚上被猛然走向我的流浪汉吓得后背都湿透。地铁一到周末无数条线路都在重建，走到换乘站才发现要坐的那一班已经停掉。我想我只能像《蒂凡尼的早餐》里痴望着橱窗里珠宝的奥黛丽·赫本一样，远远地隔着一层玻璃遥望着纽约的美好，或者在坐着巴士穿过哈德逊大桥的时候回望承载了太多传奇的曼哈顿岛。我远远地看着每天上演不同戏码的城市，清醒地知道我只是个观众。无论我穿着跑鞋跑过多少个公园和街区，我都只是个外来者。纽约从不排斥移居者，只是我的心没有跟着一起来。我清楚地知道我的家在遥远的东方，在那座住着两千万人的拥堵城市，在煎饼只卖三块五的街区，在我的爱人也生活的地方。

E.B. 怀特在《这就是纽约》里深情款款地写下他对这座城市的爱，“意大利来的农夫，在穷街陋巷开一间小杂货店；密西西比河岸小镇来的姑娘，只为逃避邻人的流言蜚语；中西部玉米地带来的小伙子，提箱里塞一部手稿，心里充满忧伤。无论是谁，都没有区别：每个人都像初恋一样，心情激荡地拥抱纽约，每个人都以探险者的好奇目光打量纽约，每个人发出的光和热都胜过爱迪生联合公司。”如果他写的是真的，那我大概是已经把一颗心给了北京，就再也享受不了这种初恋般的拥抱。对于北京的爱是如此踏实，我已不愿意在纽约探险。这段日子里我一直费力地寻找跟美国的联系，却在一顿涮羊肉里发现了我的乡愁，这股芝麻酱混着腐乳和辣椒油的味道是如此熟悉，完全盖过了土生土长没有污染的牛肉味道，在一瞬间把我带回了胡同里的北京。过去无数个冬日里，我坐在四处漏风的小馆子里吃得兴高采烈，一口芝麻火烧，一口涮毛肚，听着桌子对面的朋友大声吹牛。日子大约就该过成这样葱白姜嫩的样子，琐琐碎碎，每一步都踏踏实实。

纽约不是我梦想清单上的唯一，旧金山，苏格兰高地，耶路撒冷，海德堡，斯德哥尔摩，约翰内斯堡，这些地方我通通想住一遍，想在下午 5 点钟踩着凉拖穿过城市的心脏，抱着刚买的樱桃、牛奶和麦片回家，就像我从出生就在那儿长大一样。可当它们真的与我只隔着一张机票的距离，我却没办法开始筹划出行。爱上一座城市无非是关于那座城里的人，而我已经失去了好奇心和探索欲，只想拖着一群老友在周末吃完烤串回家打麻将。这成了我梦里新的幻想，而它曾经是我实实在在的生活。我不知道自己飞了 11000 公里到底来这里寻找什么，也许我什么都不想要，只是没有办法停下来，只好一直追，一直追，像《阿飞正传》里的无脚鸟，费力飞到最后一刻。

纽约，连同着其他遥不可及或者触手可及的梦想，都只适合永远留存在日记和睡梦里。它们就像我和男友时时说起却从没真的去过的东南亚小岛一样，如果不真的踏足，起码我们还能时不时一起躺在沙发上做做梦，幻想抛开眼前的一切，关掉手机和文明，躺在白色沙滩上一杯接一杯喝血腥玛丽和龙舌兰看日出。想象出来的世界又便宜又美好，更不用对抗状况不断的现实，比如我被当地火辣的阳光晒伤后背，或者他弄丢值钱的瑞典护照。这些地图上美好的地方注定是一个个只能存在于幻梦里的美丽泡沫，太容易就被现实打破，而破了就连一点儿念想都没有了。而人，还是要靠着这些虚妄的幻象，才能一天一天斗志昂扬、马不停蹄地活下去。

/

09

这座山在黄昏最温柔

▲

飞机快要降落在旧金山机场时，在天空绕了一个圈，我睁着蒙眬的睡眼看着远处的绵延山丘，薄雾在夕阳下升腾起紫棠色的光芒，又慢慢变成赤金色，把整个湾区都笼罩进一个暧昧的轮廓中。长得没有止境的跨海大桥把陆地分成两块海洋，我紧张得觉得自己就会被迫落在海上然后一路游着上岸。

从达拉斯到旧金山的航班上，我一路惦记着托运的两件行李，不知道里面的衣服是不是大半还湿着，电子设备还能不能用。从纽约走的那天大雨滂沱，早晨临时定下的会议给错了地址，于是我一手提着一个巨大的旅行箱跑了 1.4 英里，从时代广场附近的西 42 街奔到联合国总部应该在的东 42 街。我浑身都被打湿，白裙子上溅得都是泥点，雨水一股一股地顺着头发滴下来。开完会后我又提着全部家当往机场赶，打车被华裔司机绕路，带我去了根本没有机场大巴可坐的地方。改乘火车又碰上修路，我坐过了站又坐回来，先辗转到新泽西又换大巴才到了机场。本来 1 个小时的路我折腾了 3 个小时，差一点儿就赶不上飞机，起飞时我感觉两臂肌肉像大力水手吃了菠菜一样在暗暗疯长。

当晚我借宿在朋友家里，他住在一个叫达利城的小镇，地理位置上相当于北京边上的顺义，可是整个镇也不过 10 万人，还不如天通苑的人口多。车从海边一路开过一个湖，再蜿蜒着上山，夜幕下隐约看到两边巨大的红松树，车灯晃过的地方小松鼠飞速蹦过马路，消失在灌木丛里。

在朋友家我洗了一个长长的热水澡，终于把一路的潮气都洗了出来。男友在客厅里生了炉火，木头燃烧着发出“嗞嗞”的声音，他的脸在火光中半明半暗。我穿着北大的 T 恤衫和粉红色的大短裤，坐在壁炉前拿浴巾不停地擦着头发。他递给我一串烤棉花糖，外面一层糖霜略焦，里面全都融化了，舌尖一挑都是甜甜的味道。这场景是我在旧金山最美好的回忆，闭上眼睛就能想起棉花糖糯糯的化在嘴里的感觉，像是在一出腻歪又注定平凡的童话电影里。

第二天我们搭顺风车进城，漫无目的地在随山势起伏的街道上游荡，偶然经过了苹果每年举办开发者大会的莫斯考尼西中心，也路过了 Zynga，Mailchimp 和 Twitter 的总部，每一家公司都跟开玩笑似的画一个巨大的 logo 在墙体上，远远看去都误以为是个幼儿园。后来我们走到联合广场，男友说要喂鸽子，于是我欢快地跑到马路对面花 8.5 美元买了两个不加酱的热狗棒，回来的路上才意识到这两个破面包换成人民币能买两块榴梿芝士蛋糕了，真是好痛的领悟。那天下午我们没有做别的事，只是细细地把两块面包掰成屑儿，等着鸽子把它们啄走。后来我把面包块放在手臂和大腿上，于是几只大胆的鸽子就落在我身上，专心致志地享受一顿 8.5 美元的美餐。旧金山的天气好得很，阳光灿烂又不浓烈，风吹来还略有凉意。离我们两三米的地方坐着一个流浪汉，他眼神迷离，一口一口抽着大麻。我想我能帮他的，也不过是不要挡住他的阳光而已。

再接下来的一天天气阴沉，我们开车去了海边。黑压压的大海充满了力量，一个浪打过来就好像能把城市吞掉。已经是 6 月天，我还是穿了轻薄羽绒服，才觉得不至于冷得打战。可海边还是有姑娘穿着贴身短裤和背心牵着狗在跑步，一个老人佝偻着坐在已经被海水打湿的长椅上一动不动。

后来我又一次回到了这片海，那是个风和日丽的美丽黄昏，夕阳把整个海岸都晕染出丁香色和明媚的金色，金门大桥在薄雾中若隐若现。海滩上有新人在拍婚纱照，姑娘长长的裙摆上拖了一层细细的沙粒，跟着她一块儿在镜头前欢乐地跳舞。我脱了牛仔裤和外套跑进大海里，海水冰凉刺骨，把我浇得彻底平静下来。男友在海边岩石上生了火堆，耐心地把巧克力棉花糖穿成串烤给我吃。他知道我玩累了就会回来，也知道我冷的时候想要吃烤焦的棉花糖。天黑下去的时候我跑回来，跟他坐在岩石上，一直看着太阳跌进沉沉的远山里，阳光冷成薄荷色。孤单重叠的月亮在天的另一边遥遥相望，两颗孤独的星球怎么都无法拥抱。浪越来越大，打湿了我的帆布鞋和他的牛仔裤，又一个浪过来，把火堆都扑灭。大海失去颜色，海鸥在风里飞，金门大桥亮起了灯，在灰蓝色的天空里一闪一闪，像是通往天空城堡的神秘之路。

之后的日子我很少出门，天天睡到中午才起来。带了好多条裙子过来，发现在北加州完全没法穿。我住的小镇在山上，早晨和晚上气温会降到 10 摄氏度左右，于是我每天都穿着 Levi’s 55 美元的牛仔裤和宾大买的厚实帽衫，趿着双凉拖在自家阳台上读书写字，风大时还要再加条羊毛围巾。这个房子的地理位置好得不得了，远方山岚有如翠黛，山下是一排排蓝色粉色紫色的小房子。对面是一个湖，从早到晚闪着金光，好像满湖盛的都是金子。房子周围长满了三四十米高的松树，树上住了好多鸟，天不亮就吱吱地叫，有几只时常在我写东西时停在脚边，啄走我掉下来的饼干屑儿。我喜欢趴在阳台上看书，伸手就摸得到这些雪松，懒的时候就拽一截松枝下来扔进壁炉里烧火。超市里锯成一段一段的整齐的木头只要 6 美元一大盒，可我们还是喜欢自己走下山捡枯树枝和松塔回来，松塔滴着松油，烧起来火光格外好看。

这段日子里我重新读了安妮·迪拉德的《汀克溪的朝圣者》，写下这本书的时候她跟我一般年纪，在弗吉尼亚州蓝岭下的一条小溪畔住了一年，每天什么也不做，在草地上露宿，到溪边看看青蛙，观察一段蛇皮，或者数一棵大榆树的叶子，从冬到夏。第一次看这本书时我还在读大学，大段大段的自然描写让我觉得闷，直到五六年之后我逃避人群自己逃到山上，才读得懂她写下的这些句子每个字背后都是纯真的心意，“那棵清晨中鸽子栖身的雪松像充电似的开始变容，通身都闪烁着光芒。我脚下的草地也在闪光，像是一团火。我站在那里，目不转睛地注视着这景色，完全进入了一种梦幻的境界。与其说是在观看，不如说是平生第一次被注目，被一种强有力的光芒所击中而激动地屏住呼吸。”

来美国短短几周我胖了 5 磅，第一周得意扬扬买下的 0 号牛仔裤已经艰难得快要撑不下我圆润的腰身。可我还是总觉得饿，尽管每天吃下去的食物有差不多 3000 卡热量，甚至有一个早晨我 5 点多钟起来给自己红烧了只龙虾吃，吃完觉得渴，又给自己倒了一杯莎当妮，喝完一点儿不妥的感觉也没有。谁说大早晨不能喝酒，反正我谁也不用见，反正我会回去睡到下午 2 点再起来，这些食物只是迟来的夜宵而已。

有时候我也不敢相信自己的好运气，我才 26 岁，就过上了半退休的生活。虽然我知道银行卡里的存款大概也只够我这样混着过几个月，我挥霍掉了大把钱就为了能在夏天住在山上。可是值得啊，阳光下，湖水边，耐心地挖一桶薄荷巧克力冰激凌慢慢吃，这样的好日子千金不换。人生那么多年，努力到哪里才是头，等等等一个合适的时机，可一说就不知道又是几年过去了。我错过了太多年少的冲动和精彩，再也不要在二十几岁的时候再遗憾，想去什么地方马上就走，想做的事马上去做。“崭新的房子马上腐蚀，铁一下子生锈，红酒隔夜变酸”，好日子跟好东西一样无法保存，当下的就最值得享受。我不是为了把人生过成传奇，只是想在今晚就把酒喝完，永远不要等它变酸。

又一个周六的黄昏，我跟朋友们开车去海边，太阳下沉的时候流光像金子一样洒在街道上、树叶上、我们年轻的脸上。我们 6 个人挤在一辆宝马复古跑车里，天窗敞着，太平洋清冷的海风鼓鼓地吹进来，车里一只橙子散着清香，我们扯着嗓子跟着音箱里的伦勃朗一起唱《老友记》的主题曲：

“没有人告诉你，生活会是这样。

你工作无趣，你口袋没钱，你的爱情总是见光死。

这就好像你永远卡在第二挡，

从来没有你的那一天，你的那一周，你的那一月，甚至你的那一年。

但为你，我仍然会在那里，当大雨倾盆而下的时候。

为你，我仍然会在那里，就像我一直做的那样。

为你，我仍然会在那里，因为你也曾经这样帮助我。

……”

车沿着海岸线飞驰，把夕阳远远地甩在后面。海鸥成群低低地飞在海滩附近，接着一个一个慵懒地排成一排停在岸边，好像在一起等着余晖渐渐隐去。浪来的时候又呼啦啦一起飞走，把暮色都抖乱。车子停在岸边，凛冽的海风吹得人眼睛都睁不开。我们冻得发抖，挤在两条大浴巾下在海边坐成一排，默默看着天色从浓墨重彩的金变成厚厚的灰蓝，谁都没有说话。那一刻我好庆幸自己抛开了北京的一切跑到美国来。我马上就 26 岁，这一年里做了那么多以前从来都不敢做的事，尽管每次也把自己吓个半死。我越来越感激生活，也越来越确信只有努力争取，生活才会把我想要的给我。我得到了那么多，又失去了更多，我赚到了钱，又把千金散尽。我做了一大堆冲动的决定，大部分蠢得要命，可也有些变成了我生命里最精彩最美好的时刻。我不求日日保暖，不求有人宠爱，更不奢望凭空就得到一场绮丽，我只是世间一个流浪者，求的不过是看遍天涯处处日升日落。再过几十年，当我老了，学会了俗世里一套套的规矩，我会怎样看二十几岁这些年，这我并不知道，也不想知道。眼前大把美景，我只想喝尽美酒，度尽繁华。

“问余何适，廓尔亡言。”

PART

/

04

我对你的爱深入长河

李健在歌里唱，

“这一生一世，有多少你我。”

/

/

01

你还闻得到
空气里潮湿咸腻的味道吗？

▲

初春一个周末傍晚，我们打完球，坐在一个朋友的新车里，沿着朝外大街往世贸天阶开。天气不冷不热，我们开了天窗。朋友说：“你还记得去年这个时候吗，就是这一天，空气里就是这个味道，我接到你电话然后去你家喝酒，你记得吗？”

说实话我不记得了，关于那年春天的事情我通通不想记得，想起来的都是尴尬。那会儿我刚刚跟前男友分手，一个人住在工体东路，下班路上连着一排麦当劳、肯德基、永和豆浆和吉野家，每天我拎着差不多的外卖袋子回到家，窝在小床上看《单身毒妈》。每次看到女主角的生活被毁成渣，我都想，她为什么不哭呢？丈夫死了，被迫贩毒，跟种大麻的黑人鬼混，大儿子离家出走，小儿子杀人，怀了墨西哥黑帮头子的孩子……她怎么都不哭呢？

有一次我看着看着就睡着了，2点多迷迷糊糊醒过来，灯还亮着，吃了一半的薯条还在我枕头边上。我坐起来，嚼着那根已经变冷的薯条，觉得自己的生活像一个制作低劣的黑色电影，硬生生把观众拽进迷惘和悲观的黑洞里去。

现在翻翻那时候的照片和日记，好像看不出来有多难过的痕迹。我终究是不愿意以一副受害者的样子把所有阴暗的部分暴露出来，我只会躲起来像小兽一样舔舐伤口。

2012年6月，我在日记里写：“真正的勇气是能承认自己不够强壮，敢于向外寻求帮助。”说起来容易，又哪里做得到。那会儿刚搬到新家，床不舒服，我每天睡在地毯上。住在二楼，总是不敢用纱窗，怕半夜会有人爬进来。枕头底下放着军刀，一有动静就会吓醒。早晨五六点钟就再也睡不着，起来听段哈佛《幸福课》才有力量出门，上班，见人。

9月，前男友从英国回来，在前门一个青旅里住了一个月。我两次跑去那儿等，想见到他，又怕见到他。每次骑车回来的时候膝盖都隐隐生痛，于是我知道我不能再这样了。

11月，我去武汉出差。我们几个姑娘在江边大喊“我要结婚”，“嫁给他吧”。沿着长江大桥走到半夜，我无比想念他，想念一切。我迫不及待想要回北京见见他。下了飞机我就给他打了电话，听到他声音的那一瞬间眼泪就出来了，我一句话也说不出来，挂断了电话。

2013 年 2 月，我差点在网上花 68 美元买一本《如何勾回前任的心》，幸好信用卡付不了钱，在去银行的路上，我终于意识到自己有多蠢，于是改路去天下盐默默吃了一大盆毛血旺。

3 月我再一次见到他。在车上我就开始发抖，后来在莉莉美式小馆等他的时候我浑身都在打战，特别尿。时间过去了那么久，我在回忆里一次一次把不好的部分过滤掉了，觉得自己像个浑蛋，亲手毁了一切。可真见到了他，我终于想起来，当初为什么那么难过还是要放弃。我们两个人要的东西终究不一样，也许是时机，也许根本就是不对，总之到最后变成了相互折磨。根本不是我选择要分手，我其实没的选，当初我足够勇敢结束这段感情，现在就必须更加有勇气承担随之而来的一切后果。当晚我在日记里写："我终于亲手把这段感情彻底了断了，突然间那些犹豫、后悔、恐惧、羞愧和痛苦也都消失了。我可以抛开过去，放开他，也让自己自由。剩下的是最好的部分：爱和信任。我会带着这些美好的情感继续往前走，也带着勇气和被爱触碰过的感恩一起走。"

也许我们真的太年轻了，年轻到无法不相信明天有无数的可能，年轻到不敢把生命捆绑在一起，年轻到太容易就抛掉身边的现在去迫不及待地追求不可知的未来。我们到底什么时候才能结束成长，这一生中要经过多少怀抱，睡过多少张床，搬过多少次家，才能放心把所有的行李箱子都扔掉，踏踏实实地守一个人到老？

事情过了那么久，到现在我终于可以说我不后悔。不后悔在一起也不后悔分开。即使被折磨了差不多一年，也是值得的。他配得上，我们两个的感情也配得上。所有努力都做过了，没有人背叛。It’s just not meant to be. 我已经忘了他，即使到现在走到CBD 那边我还是会紧张，在街上看到像他的人连路都走不好，还是依然不敢看他的节目。但是真的没关系，我心里知道，这一段已经过去了。除了感恩，别的情绪什么都没有。

我不想说一大堆什么幸福是自己给的，单身也可以一样快乐之类的废话。我怀念的只是那个人，如果想要恋爱的感觉实在太容易了。与其说这个人独一无二，不如说难以割舍那段青春和曾经恋爱中的自己。可人总要清醒一点，不要把有限的时间浪费在谎言、自我欺骗或者虚妄的幻想当中。走了的已经走了，昨天永远不会比明天更好，因为一切已经死去。生命没有那么长，不要活在回忆里。豆瓣有篇文章写得好，如果人人都能忘记前任，世界将变成美好的人间。

《失恋 33 天》这样的故事只能拍成电影，现实里一段真诚的感情值得我们用很长时间去慢慢淡忘，痛苦的过程不是一时半会儿就能经历完。都会有反复，有自我怀疑，有不切实际的幻想，然后再次回到绝望的状态。会想要抓起电话给他打电话，删掉号码可还是死死记在脑袋里，会觉得自己再也不能幸福了，谁都没有他好，担心自个儿会孤独终老……

这都没关系，因为这些不会发生。总有一天我会坦然地翻以前的照片，笑着跟朋友说，你看我笑得多甜。总有一天我身边会出现另一个人，让我愿意同样忠诚和无保留地对他好，为他钻研厨艺，记得他家人的生日，在他脆弱时给他一个拥抱，最后一起慢慢变老。有人说，时间和新欢是良药。新欢管不管用我不知道，是时间、朋友和运动救了我。海子说，活在珍贵的世间，太阳强烈，水波温柔。是真的，这些都很美好，别辜负了好时光。

我把这些经历写下来，是为了安慰当年失恋的一个女友。我其实很犹豫要不要把这些事情流水账一样铺出来，但也许抚慰人最好的办法就是把自己的伤口展示给她看。如果我写出来能帮到她，让她白天好过一点，晚上好睡一点，也就值得了。我们都是这么过来的，这些痛苦和纠结我们都有过，难过和眼泪我们也都懂。我无法保证未来会怎样，可我知道自己得救自己，不然连未来都没有了。

两年后她结婚，我没能去参加婚礼，可照片上的她，笑靥如花，新郎看她的眼神里，盛满了爱意。

/

02

活得精彩结尾，切勿流眼泪

▲

他坐在我对面吃一碗卤肉饭，神色表情和我 9 年前认识他的时候一模一样。我不相信他已经变成了表情冷淡的股票交易员，可以从早到晚不说话，只是坐在 5 个不同屏幕前漠然地点着鼠标，交易几千万美元。我认识的那个男生永远在我面前耍宝，唱个《两只老虎》都会先深情款款讲个爱情故事，我过生日时会在我家楼下用荧光棒摆一颗心给我唱《童话》，会在雨天背着我走遍整个吉大南校，拍照时的表情永远千奇百怪，玩石头剪子布永远都会赢我，永远都自大，而且永远不听我的话。可是我们凭空在对方生命里就这么消失了七八年，在这段不短的时间里，我们悄悄把过去的那些小习惯都改得一点不剩。他写了一本书，文字风格和高中时给我写的情书判若两人；他新买了一间公寓，装修风格跟我想象的完全不一样；他不再买1000多块的篮球鞋，也不再痴迷名牌，穿的用的都朴素简单。可是他吃饭的样子，就和9年前一模一样，黑框眼镜放在一边，先吃肉再吃蔬菜，一粒米都不浪费。

我坐在他对面，就好像看见我们穿着校服，他剪着短短的寸头，我耐心地给他把青椒都挑出来，等他吃完一起回去上下午的课。他一口一口慢慢吃着，我眼泪大颗大颗流下来，我也不知道这股悲伤从哪儿来，一切本来都那么好，外面热带充足的阳光，旁边有小婴儿在大声笑，一切都很美好。

在见到他之前我心里想的是，我们分开真是件好事，你看，我们都走了这么远，得到了这么多以前都没想过的东西。而现在我要走了，不知道下次是不是又要过3年才能再见他，我满脑子想的是《少年派》里面的那句话，我想生命到头来就是不停地放下，而让我难过的是我们甚至没能来得及好好地告别。我终于明白凡是得到的东西都是拿另一样换来的，有时候我们心甘情愿甚至迫不及待，是因为根本没意识到自己失去了什么，就像年轻的浮士德，爽快地跟魔鬼交换了灵魂。

回北京的航班上我一直哭一直哭，跟开了自来水龙头似的止也止不住。坐在我旁边的金发小男孩用带着法国口音的英语问我“Mademoiselle（小姐），你怎么了，你还好吗？”我和他说：“我不好，我刚刚发现自己失去了一样非常珍贵的东西，而我再也找不回它了。”小男孩想了想问我：“你想让我给你买杯酒吗？我听说它会让你快乐点。”

在三万九千英尺的高空，一杯调得很棒的新加坡司令下肚，我沉沉地睡过去，醒来的时候我就又快乐了。我对待离别的方式一直都这么简单粗暴，我喝一杯酒，好好睡一觉，第二天看见阳光就什么都不痛了，就算心里有个缺口，有个空洞，呼呼地灌着刺骨的寒风，又能有什么呢？日子还是可以照样过。

16 岁的夏天我妈妈发现我们两个约会，气得把我打得浑身淤青，第二天我接着偷跑出门穿着长袖陪他去隔壁的高中打耐克篮球对抗赛。那时候真的什么都没有，爱一个人的方式就那么笨拙，就只能拼命对他好对他好，北方零下二十几摄氏度的冬天我拿冰冷的凉水给他洗守门员手套，半夜偷摸爬进父母的房间偷充值卡给他打一夜电话，他拿几个月的午饭钱给我买了只小钻戒，我们第一次约会时我妈妈打了 16 个电话给我都没听到。可是现在，高峰期让我去国贸吃个饭我都懒得去，过生日千篇一律就知道在路上买瓶酒带到派对，我学会了爱自己，就再也懒得花心思去学做一道地三鲜。

在新加坡的最后一天他带我去圣淘沙，到环球影城的时候他跟我说："我这辈子估计是不能给你开一家游乐场了，可起码下次可以带你来这儿好好玩一天，但是下次什么时候能看见你呢，又3年吗？"

我在他的书房看见一整罐纸折的小星星，他说是他刚去新加坡的时候折的。那时候每天胡思乱想，给我打电话我们就只是吵架，他心里烦闷，结果就折了这么多。我看着眼前差不多有2000颗的小星星，直想抽自己，我把一个19岁的少年扔到异乡，天天还往他心上插刀子，这些当年的我根本一无所知。我拿了3颗走，以前的事我弥补不了，以后不再犯了。

送我走的时候在机场我跟他说："你要保持身材，多吃水果多去健身房，不要哪天因为大盘震荡心脏受不了猝死在电脑前。"他说："你才不在乎这个，你是怕我变成大腹便便的中年男人，你放心我不会的，这也算我对你负责任的一种方式吧，做一个永远不给你丢脸的前男友。"

我们简单拥抱了一下，继续各奔东西。

赫拉巴尔在《过于喧嚣的孤独》里写："连我也不再落泪，我只是站在那里，微笑着，望着渐渐远去的车尾。那时候我已在内心找到了力量，使我能目睹不幸而漠然处之，克制自己的感情；那时候我已开始懂得目睹破坏和不幸的景象有多么美，我继续一车皮一车皮地装书，火车一列列开出车站，驶往西方，一公斤一外汇克朗。我呆呆地望着，望着远去的车尾铁钩上挂着的红灯，我身子靠在一根电线杆上站在那里，跟达·芬奇一样，他也曾靠在一根柱子上站在那里，呆望着法国兵怎么把他的一尊骑士像当作练习射击的靶子，一节一节地把马和骑士摧毁。”

我现在就是这样，飞机起飞，我滚回北京，什么也做不了，我只能挤出个笑容，看着过去那些纯真的善良的笨拙的固执的受伤的跟我一起离开地面消失在云里，然后继续投身滚滚红尘，不再回头。故事结束了，人生才开始。这也算是我对你负责任的方式吧，永远都只约会的会讲法语的男生，永远不让他们赚得比我少，永远要求他们宠爱我。我现在活得好了，才能留出一小部分，回忆当年犯傻的小女孩。

/

03

在你的墓碑上印上我的吻

▲

我曾经两次认识王尔德，第一次是我小时候读他写的《快乐王子和其他故事》，那时候我是一个小小的女孩，喜欢读童话，生活在一个哀愁无法进入的世界里。可是这本童话集让我第一次那么难过，尤其是那个著名的《夜莺与玫瑰》。勇敢的小夜莺飞向玫瑰树，用自己的胸膛顶住花刺，她唱了一整夜的歌，直到鲜血把花瓣一点一点绽放，直到她心里的血把玫瑰花的心也染红。年轻人拿着这枝玫瑰花去送给他的爱人，可是少女却说，人人都知道珠宝比花更值钱。愤怒的年轻人把玫瑰扔在大街上，玫瑰落进阴沟里，马车从它身上碾过。

我从来都不知道童话也可以让人如此伤心，整本书里没有“从此过上了幸福的生活”，只有人人得不到，好人孤独地死去。每次看完一个故事我都难受得想流眼泪。可是读了王尔德，就再也看不了安徒生和格林，也无法再相信豌豆公主和灰姑娘都能幸福。我小小的心像被刺了一个小口，再碰到，还会疼。

第二次是我 18 岁念英国文学时，在古旧的书上看到王尔德的照片。第一张是他的少年时代，长发的他穿着天鹅绒丝绸，嘴角一抹隐藏起来的笑意，眼窝深邃。第二张里的他歪戴一顶帽子，穿马裤，外面披着斗篷，看起来又英俊又俏皮，那是他在美国讲学的黄金时代，是他还没有遇见波西的时候。20 年后，当 46 岁的王尔德孤单死在异乡的小酒馆时，身边只有他的第一个爱人相伴，而他爱了一生的波西向教会忏悔了自己的同性之爱，回到了侯爵的奢华生活里。王尔德葬在巴黎的拉雪兹公墓，大理石墓碑上被来访者印满了深深浅浅的唇印，我不知道有没有一个是来自他的百合花王子，我不知道还有没有人记得他年少时照片里那一抹带着点邪气带着点不羁的笑。

谁有王尔德那样清醒？他说：“逢场作戏和终身不渝之间的区别只在于逢场作戏稍微长一些。”他说：“什么是离婚的主要原因？结婚。”他说：“我喜欢看戏。与人生相比，戏剧更加真实。”可同样是这个冷眼看生，看死，看人世欲望，看清男女欢爱的他却有着比孩子更乐观的心。他明知道一切爱情都会毁于虚无，他明知道波西的沉默和羞辱代表什么，可他在狱中给他写的书信，5万多字字字深情，字字动人，就像一个从没受过伤的孩子，有再多恨，仍然情不自禁。

我爱着王尔德和他的作品这么多年，以至于我在现实里爱上的男人，也像他。我的男友写诗也写歌，写完代码的下午会抱着吉他给我唱歌，歌声忧伤，眼神迷离。从年少时爱上王尔德的文字开始，男人的才气和忧郁，就变成了我过不去的关。我不是圣人，也没有受虐的欲望，可是当我看见一个干净的灵魂受了伤，我所有的母性和保护欲都被激起，就只想迎上去给他一个温暖的怀抱，让他安全地舔舐伤口，让他在噩梦醒来时可以紧紧抱住我无声地哭一会儿。2014年的跨年夜，我和他拎着十几罐啤酒爬上了房顶去看星星。那晚的北京暖和得像春天，我们说了好多好多话，喝了一听又一听的啤酒，大醉着拥抱着过完了2013。回到家我们一头倒在地板上，我趴在他耳边对他说：“你知道什么时候我最爱你吗？就是你像婴儿一样在我膝上熟睡的时候，看起来特别天真和无辜。”

后来读到博尔赫斯评价王尔德，说他有着“不可摧毁的天真”。我想我懂得这种天真的力量和吸引力在哪里，我沉沦在其中太多年了。这世上大约有两种人，实用主义者和理想主义者。前者觉着银行里踏踏实实的存款是好的，首饰盒里闪烁的钻石是好的。后者也许也觉得黄金和钻石不错，但似乎总有些抓不住的虚渺的东西更有吸引力，比如美和星辰，爱与痛苦。

回头看我的青春期，有很大一块是缺失的，我从来没有追过明星，没有攒过钱去听演唱会，不关心八卦周刊里的新鲜绯闻，喜欢的影星也只限于银幕上。现在 26 岁的年纪，日子依然像过在云里，一双脚不肯落地，不肯老老实实学会算计，什么道理都懂了，还是偏偏要走那条修行一样的路。越是不肯服软，越是在现实里摔得鼻青脸肿。可每次拖着疲惫的心走回家，看到我贴在镜子上的那句话，似乎就又振作起来，小小的身体里也有了力量。那是王尔德说的——“不要虚掷你的黄金时代，不要去倾听枯燥乏味的东西，不要设法挽留无望的失败，不要把你的生命献给无知、平庸和低俗。活着，把你宝贵的内在生命活出来，什么都别错过。”

这么多年过去了，我长大，朋友来来去去，我一次次搬家，可床头始终有一本《自深深处》，里面夹着从英国文学课本里剪下来的王尔德小照。它提醒我，无论多少黑暗的日子还等在前面，多少挫败产生于爱情的自私和妒意里，我都要记得，真正的爱深入长河，而对此，我始终应该抱有希望。

/

04

不知东方之既白

▲

北方干冷的 11 月。我和男友处在天天冷战的状态，有一天他拿着本已经旧到往下掉页的《孤独星球》，指着一个我从来没听过的地名跟我说："我带你去旅行吧。"我什么都没说，抓了几件衣服就跟着他坐上了去河北沙城的大巴。华北平原天高云淡，冬天凛冽的风直吹进骨头里，一路夕阳不断下沉，像是要跌进万丈红尘。客车飞驰在京张高速上，把我们从北京带到了鸡鸣驿，一个距离北京 60 公里的小村庄。

中巴车在路中间停下来，司机把我们两个的登山包扔下车，绝尘而去。我环望着四周，全是黄沙，古城的灰色砖瓦在黄昏下映出几分苍凉，风吹得我睁不开眼睛，像是回到了很久以前的甘肃戈壁，有点落寞，还有点悲壮。我们两个在路边站了好一会儿，各自拿起包背在身上，一前一后往夕阳里走，影子被我们拉得很长。

走到东门城楼下的时候，我们见到了来接我们的当地人。我也不知道男友是在哪里找到的这个人，也不知道这场旅行会是什么样子，我就一直跟着走，听他们聊天说话。这个人姓马，是当地的村长，鸡鸣驿被写进旅行书里之后，他觉得可以赚钱，于是就把家里的一间房子腾了出来当成可以租用的民宿，接待天南海北的游客。他甚至还会讲几句英语，虽然发音不准，但是可以听懂。从城楼口走了十几分钟就到了他家，是农村常见的那种院子，角落里堆着过冬用的玉米，另外一边整整齐齐码着几排啤酒瓶，他说以后还可以换钱。

这种村子的样子在无数中国电影里出现过，红高粱，晒干的玉米秆，挂在镜子旁边的塑料梳子，搪瓷的水杯，蹲在墙根儿下眯着眼睛的老人，一只血统不明冲着生人狂叫的土狗……它们代表了中国8亿人目前或者曾经的生活状态。可是在这里，这些不是符号，是实实在在的生活，是像水和空气一样自然的东西。可男友觉得新鲜得很，他从没有见过北方这样的瓦房，觉得有点像他老家的房子，风格又大不一样。他不停地问东问西，觉得取暖的火炉很好玩，屋子里的土炕很特别，炕上大红的被面更有意思。

把包放下我们就出门到处乱走，村子里静得很，除了几声犬吠什么声音也听不到。城市里永远不绝于耳的引擎声，钢筋水泥不停施工的发动机声，马路上电梯里公交车上拥挤的人群从早到晚的说话声，那些独自走路的人在默默愤怒、在斤斤计较、在把骨头都要压抑碎的声音……这里都没有。我们还是一前一后地走路，登山鞋上全是沙土。在太阳彻底落山之前我们爬到了城墙上，整个村子被落日染红，家家炊烟袅袅，鸟儿都懒得飞翔。那一刻，离家万里的他，和半年没见过父母的我，都想家了。

我们在城墙上一直站了半个钟头，看着月亮一点一点爬上来。有那么一会儿太阳和月亮同时都在天上，两个星球都沉默不语。我不知道是它们更孤独，还是下面的芸芸众生在忙忙碌碌中更寂寞。他转过身，看着我，慢慢走过来拉起我的手，跟我说："走吧，我们回家。"

再回到老马家门口的时候我突然有点感动和庆幸。我们没有住进镇子上的宾馆里，没有背着气炉和食物来这里自给自足，没有像所有的过客一样匆匆路过这些可以被拍进电影里的房子，或者隔着门缝看几眼，没有沉默着来再沉默着走。我感谢老马邀请我们进入了他的生活，不避讳在我们面前和妻子争吵，也不会过分殷勤地询问我们是不是还需要什么。他能给的就是这间屋子里的所有人情味儿，我们想要的 WiFi，足够瓦数的节能灯，甚至是暖暖和和够我好好洗个澡的热水，他通通都给不了。可是他让妻子给我们炖了一只土鸡，他羞涩的妻子一直不停地给我盛汤，告诉我女孩子要多喝汤；他兴奋地指着墙上贴着的奖状，跟我讲在北京上大学的儿子从小就有多优秀；他问我一个月赚多少钱，有没有去过国外；他不停地往我杯里添酒，让妻子在旁边等着我们吃完再上桌；饭后他和妻子一起看肥皂剧，给我们在不够新的简陋沙发上腾出两个位子，让我们一起看；他们不停问我们俩多大年龄了，怎么还不结婚，赶快生小孩才是正事儿……我没有觉得这些介绍很无聊，我也不觉得这样突兀的问题太失礼，我甚至能理解他在家里的男权主义。过去那些日子里，我太习惯于用旅行者的身份去观察自己踏上的土地，太习惯用自己的眼光审视当地的风俗文化，好，不好，要不要更现代化，要不要改变，这些原本都不是我应该说了算的。旅行呀，千山万水走过来，都不过是为了填补心里的黑洞，妄想改变世界，不如坦然接纳。

那晚居住在一个地图上只有差不多一个像素大小的村院里，我不知道坐标，也没有网络。我无法预先用邮件和主人沟通食宿和价格，无法用信用卡支付，不能得知房主的姓名。但是躺在硬硬的土炕上，听着月光透过大窗户洒在身上的声音，窗外寒气逼人，屋内的我们各自被两床厚重的棉被包裹起来，所有的防备也都放下来，我们看着对方，拉着手，沉沉睡去。

/

05

皮特的派对

▲

北京的冬天越来越没有冬天的气势了。压在箱子底的羽绒服一次都没有拿出来穿过，12 月底的时候我还赤脚穿着高跟鞋走在日坛北路上。看着满街荒凉的枯树，只觉得这份儿遮遮掩掩的冷真是无趣至极。空气干干巴巴，眼前苍茫一片浓雾。整个冬天北京就只下了一场雪，还欲说还休的架势，一落到地上就化了。雪地靴懒着一直没有拿去刷，恐怕今年也不会再穿了。

我去雅秀附近的一家墨西哥餐馆吃饭，约了几个女伴聊天。席间一个单身姑娘拿着玉米片蘸着奶酪和牛油果豆泥酱，边吃边问大家："你们周末一般都怎么过？"另一个姑娘答："全跟男朋友泡在一块儿了，我习惯早起，可男友喜欢周末睡懒觉，我6点先蹑手蹑脚起床工作，把该回的邮件回了，想看的书看了，然后享受一会儿放空的时光。10点他醒了，两个人一起吃中饭，一起看电视，一起逛个街，晚上再一块儿去个朋友的活动什么的……"

听起来太耳熟了，跟我谈恋爱的样子如出一辙。单身的周末我能做一千件事，6点钟起床从朝阳门跑到日坛公园，在秀水东街吃个早餐，回家拿着笔记本、书、手机再出门，约个朋友在北锣鼓巷采光好的咖啡馆里坐一下午，晚上去王府井大街看个话剧或者去老书虫听个讲座，然后在午夜降临前赶到另一个鼓楼附近的聚会。第二天上午去国博看个展览，然后挤上一号线去通州的朋友家一起做甜品，有一搭没一搭说会儿话，下午回家洗衣服擦地板，晾完衣服我甚至能学一会儿画画，或者跟着听一节公开课。晚上和爸妈视频聊天，然后自己找部老电影，备好甜食和热巧克力，看一会儿就能睡着。两天里我能跑半个北京城，攒一沓打车票，从嘀嘀和快的大战中占六七十块钱的便宜。

恋爱之后，我的活动范围从一个圆变成一个点。果然跟一个人交往时间越长，属于自己的时间就越短。中午12点起床，叫楼下外卖，一人一杯咖啡，一人一盘通心粉。他看他的日本动漫，我看我的美剧。下午打电话要楼下的韩国超市送两瓶泰国饮料 Mogu Mogu 上来，一瓶草莓味，一瓶荔枝味，加起来 16 块钱。喝完他玩他的游戏，我看我的书。晚上商量着要不要进城参加个生日聚会，想想打车那么贵，来回得 120，还要梳妆打扮喷香水好麻烦，所以决定还是算了吧。于是他接着写他的程序，我接着写我的邮件。有一个周日我一天都没洗过脸，早晨起来刷了牙就吃了午饭，晚上在沙发上看着《无耻之徒》就睡着了，再醒过来已经是新的一天了。工作日时我们都信誓旦旦地说，这个周末一定要进城试试新开的餐厅，一定要给他买一双跑鞋陪我跑步，春天到来时一定要去爬山。可其实我们心里都默默知道，这个春天永远都不会到来了。我们两个在人前看起来还不错的年轻男女，就是这样一点点变成两个死胖子，失去了对世界的探索欲和求知欲的。

圣诞节刚过完的那天我们在家玩《文明 V》。他把家里改成网吧格局，客厅 4 台主机，10 个显示器，卧室里两张书桌背对着放，分别又摆了两个显示器，我们一起沉迷在美剧和电脑游戏里度过了一天又一天。也许根本不是这个冬天北京不冷，而是我们一直都没出去过。当晚我整理邮箱里没来得及回的邮件，看到了一封生日聚会邀请信，来自我的一个叫皮特的美国朋友。我不记得这是第多少次收到他发来的信，从春天开始，他每周凑人一块儿去春秀路吃烤鸭，夏天的时候他叫我们去他家楼顶喝啤酒，秋天他拽我一块儿玩飞盘，现在都冬天了，我竟然一次都没有去过。我回过头去跟男友抱怨，他很严肃地想了半天，跟我说这件事要放在他的新年誓愿上，今年他一定监督我去参加每一个“Peter's party”。

转眼就过了新年，他去香港出差，我给他订了周一回来的票，于是我难得过了次一个人的周末。我兴奋地做了充实的周末计划，朋友聚会、看牙医、芭蕾舞剧、科技讲座，日程表被我排得满满的，我决心回到自己单身的状态，不能接着在懒惰中沉沦。

周六我早早起来，烤面包，热牛奶，吃一枚苹果。上午我乖乖去看了牙医。下午去崇文门听了一场万有青年烩，听得我昏昏欲睡。出来时看时间还早就去工体边上的漫咖啡坐了会儿，周末人尤其多，整个空间吵吵闹闹，二楼全是烟味。好不容易等到了晚上，我走到三里屯去见朋友们。大概和社会脱节太久，我一句都插不上嘴，我不知道 The Beijinger 上面最新的活动，我没有去过最新开的健身房，我不知道人人都在说的复古骑行是什么。熬到晚上 9 点我像弹簧一样跳起来，落荒而逃。坐在出租车上，我无比想念他，希望他还在北京，我就可以回家跟他点个 24 寸的蔬菜比萨，吃到走不动路为止，还能把笔记本投影到墙上一会儿看一个僵尸电影睡着。我还无比想念他家楼下超市卖的 Mogu Mogu，荔枝味的是多么好喝。

也许去不去皮特的派对根本没有关系，我并不那样想念我失去的社交生活。就算每天都活在那间小小的公寓里，我也一点都不寂寞。之前所有周末的不停奔波都是想要填满心里那个无底的黑洞，而这个黑洞早就不见了。我不在乎国家大事，只关心粮食和蔬菜。我当然愿意穿上冲锋衣跑出去满世界撒野，可如果非要二选一，我宁愿穿着睡裤和他在家里喝啤酒吃比萨，过九点半就睡觉的老年人生活。因为和他在一起的每一天，哪怕最平淡的日子，都是精彩的冒险。

后来有一天下班我终于去了皮特家，他住在离我公司700米的老式居民楼里，养一只狗。我终于吃到了他拿手的宫保鸡丁，和他室友聊了天，陪着他的狗玩了一会儿。东西很好吃，他室友很有意思，可那只不肯洗澡的狗，粘了我一身狗毛。

/

后　记

不疲倦做梦的人

▲

对我来说，写出这些字，拿出来给人看，都是让我觉得特别羞耻的事儿。我曾经无畏地写过很多字儿，15 岁高考前一年我妈偷着看了我的恋爱日记，把我打得浑身淤青。我不觉得疼，只觉得无比的羞耻，像脱光了站在大街上一样羞耻。第二天我把从小学开始写的日记厚厚的 6 大本全撕了，扔到了南湖公园湖底。后来读大学离家自己有了住的地方，又重新开始在电脑里写，但每次都要藏得严严实实，文件夹隐藏，压缩文件加密，密码 3 个月一换。知道没有人能看到我写的东西，我的羞辱感才不会在深夜又跳出来咬我一口。7 年之后偶然跟男友谈起来这件事，说起当时的心情，我还是忍不住难过，捂着脸跑到浴室哭得差点抽过去。

后来几年也有编辑陆续找我出书，我心里都怕极了推掉了，我担心出了书我妈看到怎么办，再说我给家里丢脸了怎么办？

所以现在我能把东西发到网上，还能厚着脸皮自我传销，我觉得我挺了不起的。

有些心里敏感的地方是根本不会随着时间就改变的，你只能去忍着疼把伤口一点点剜开，把病灶除掉，那块皮肤才有愈合的可能。不然要怎么办？一辈子担惊受怕吗，一辈子活在羞耻感里吗？我不要。

我特别感谢一路上在微博、人人或者微信里给我留言的朋友们，如果不是你们和我说，这些东西鼓励了你们使你们重新充满力量，给绝望和无力的生活里照了一点亮，我一定坚持不下去。写这些字儿完全不想换成钱，也没有重量，我唯一的支撑就是觉得自己在创造价值。我想抚慰那些和我一样受过伤的心，我想用自己的故事安慰在深夜里默默流泪的姑娘，我想大声告诉所有觉得疲惫绝望、熬不下去的年轻人，日子真的会越来越好的，希望就在前头，挺住就是一切。

漫长的写作路上，有人找过我要我做写手也有人要我打广告，都被我推掉了。不是我自命清高，谁都知道我爱财如命。我是太害怕被看穿，害怕少了这些真诚，我的文字会轻得没有重量。

我人生经历不算丰富，可我也有过每天哭着醒过来，熬一天，再哭着睡过去，觉得生不如死的时候；也有嫉妒和愤怒身边女生朝男朋友要衣服要包还底气十足的时候；也有为钱发愁，担心下一年学费在哪儿的时候；也有黑夜独自回家被尾随，关上门委屈哭一夜的时候；更有为失恋做傻事，转不过那道弯儿的时候。我写出来不是因为这些经历特殊，相反，因为我知道有太多少女一样还挣扎在敏感的青春期,有太多人被不安全感和不确定感折磨，有太多姑娘觉得自己不够优秀、不配得到美好的东西。而我每天问自己的问题，大家也都一样疑惑。有小姑娘给我写信，跟我说不知道人多的地方该如何开口说话。这多熟悉呀，我有多少次是抱着忐忑的心去参加聚会的呀，吃饭时又觉得尴尬撑不下去，偷偷跑到阳台上、走廊里、洗手间里、院子里，等到大家都喝醉了要散场了才出来。有几次在阳台上遇到人在那儿抽烟，我只好说自己也是来过烟瘾的，接过烟把自己呛得直咳嗽。

去年底我陆陆续续给陌生人们写了 100 多张明信片，然后趴在地板上给每一张都拍了照片，从黄昏拍到傍晚，快门速度调了好几次，最后手肘硌出来几道红印子，脖子也酸疼。明信片寄到了天南海北，照片存进了硬盘里一个叫“没有人是一座孤岛”的相册。这个名字来自约翰·多恩的诗——“没有人是一座孤岛，可以自全。任何人的死亡都是我的损失，因为我是人类的一员，因此不要问丧钟为谁而鸣，它就为你而鸣。”我们这一代人，很多都没有兄弟姐妹，成长的路不知道有多孤独。小时候不明白很多自己身上发生的事儿，不知道和谁说，也没人有耐心听。没有人教过我们如何爱自己，也没有人告诉在困境里纠结和痛苦的我们，这不是你的错。

我的力量有限，可也希望用自己吃过的苦和亏给别人提个醒，希望我的乐观和不服输也能给别人加把劲儿。因为我知道，我能挺过来的挫折和困难，你们都可以，需要的只是有个人发自内心地相信你、给你打气。

特别感谢 DTT 和范筱薇，鼓励我把这些文字变成铅字，耐心地等我一点点克服心里的不安，把故事一个个踏踏实实写出来。黄金易得，知己难求，这份知遇之恩于我确是无比厚重。

村上春树在加泰罗尼亚国际奖的一次演讲里说："做梦是小说家的工作，但对我们而言，更重要的工作是与人们分享梦。"我不是小说家，可这不妨碍我做一个温柔做梦的人，把梦想通过愚拙的文字分享出去。我一次次推翻自己，再一次次重新找到路。我累，我苦，我迷茫，我觉得孤独。可我不会放弃，我也想试试看到底梦想能有多远，我这样坚持着走下去，到底能不能走得到。也许有一天我的梦想实现了，那一路陪我走来的你们，心里也会更坚定地相信奇迹。

图书在版编目（CIP）数据

我只想和你说说话 / 张超著 .—北京：中国华侨出版社，2014.10
ISBN 978-7-5113-4942-2

Ⅰ．①我… Ⅱ．①张… Ⅲ．①随笔—作品集—中国—当代 Ⅳ．① I267.1

中国版本图书馆 CIP 数据核字 (2014) 第 231610 号

我只想和你说说话

著　　者：张　超
出 版 人：方　鸣
责任编辑：白　豫
封面设计：何　禾　　吕宜浓
经　　销：新华书店
开　　本：710mm × 1000mm　1/32　　印张：6.5　　字数：110 千字
印　　刷：北京京都六环印刷厂
版　　次：2014 年 11 月第 1 版　　2014 年 11 月第 1 次印刷
书　　号：ISBN 978-7-5113-4942-2
定　　价：32.80 元

中国华侨出版社　北京市朝阳区静安里 26 号通成达大厦 3 层　邮编：100028
法律顾问：陈鹰律师事务所
发行部：（010）82068999　传真：（010）82069000
网　址：www.oveaschin.com
E-mail：oveaschin@sina.com

如发现图书质量问题，可联系调换。质量投诉电话：010-82069336